Philippe Delerm

Les amoureux de l'Hôtel de Ville

Gallimard

Philippe Delerm est né le 27 novembre 1950 à Auvers-sur-Oise. Ses parents étaient instituteurs et il a passé son enfance dans des « maisons d'école » à Auvers, à Louveciennes, à Saint-Germain.

Après des études de lettres, il enseigne en Normandie où il vit depuis 1975. Il a reçu le prix Alain-Fournier 1990 pour *Autumn* (Folio n° 3166), le prix Grandgousier 1997 pour *La première gorgée de bière et autres plaisirs minuscules*, le prix des Libraires 1997 et le prix national des Bibliothécaires 1997 pour *Sundborn ou les jours de lumière* (Folio n° 3041).

L'enfance, je crois que personne ne la quitte vraiment. On peut la rejeter, bien sûr, mais c'est la meilleure preuve qu'on y tient. C'est comme une forêt vierge, l'enfance. Souvent, quand on la vit, on la subit. Mais on se construit, en même temps, une série de chambres obscures qu'on n'arrive jamais, plus tard, à explorer jusqu'au bout... Tout ce que l'on a perdu et ce que l'on a gardé. Ce que l'on n'a jamais cédé et ce que l'on a cédé, même pour ne rien obtenir... C'est dérisoire, mais il n'y a que ça de vrai. Rien que pour ça, le jeu en vaut la chandelle.

FANNY ARDANT

Le Baiser de l'Hôtel de Ville. Je n'aimais pas cette photo. Tout ce noir et ce blanc, ce gris flou, c'était juste les couleurs que je ne voulais pas pour la mémoire. L'amour happé au vol sur un trottoir, la jeunesse insolente sur fond de grisaille parisienne bien sûr... Mais il y avait la cigarette que le garçon tenait dans sa main gauche. Il ne l'avait pas jetée au moment du baiser. Elle semblait presque consumée pourtant. On sentait qu'il avait le temps, que c'était lui qui commandait. Il voulait tout, embrasser et fumer, provoquer et séduire. La façon dont son écharpe épousait l'échancrure de sa chemise trahissait le contentement de soi, la désinvolture ostentatoire. Il était jeune. Il avait surtout cette façon d'être jeune que je n'enviais pas, mais qui me faisait mal, pourquoi? La position de la fille était émouvante : son abandon à peine raidi, l'hésitation de son bras droit surtout, de sa main le long du corps. On pouvait la sentir à la fois tranquille et bouleversée, offerte et presque

11

réticente. C'était elle qui créait le mystère de cet arrêt sur image. Lui, c'était comme s'il bougeait encore. Mais elle, on ne la connaissait pas. Il y avait son cou fragile, à découvert, et ses paupières closes — moins de plaisir que de consentement, moins de volupté que d'acquiescement... au bonheur, sans doute. Mais déjà le désir avait dans sa nuque renversée la crispation du destin ; déjà l'ombre penchée sur son visage recelait une menace. Je trichais, évidemment ; je mentais, puisque je les connaissais. Enfin, je croyais les connaître.

L'homme au béret, la femme aux sourcils froncés donnaient à la scène une tension qui en faisait aussi le prix. Et puis il y avait Paris, une table, une chaise de café, l'Hôtel de Ville, la calandre d'une automobile. Dans la rumeur imaginée, le gris brumeux, il y avait la France aussi, toute une époque. Trop. C'était beaucoup trop facile, la photo de Doisneau, beaucoup trop à tout le monde. On la trouvait partout. *Le Baiser de l'Hôtel de Ville.* 1950. Comme on eût dit *L'Embarquement pour Cythère* ou *Le Déjeuner sur l'herbe.*

Sur le tourniquet des présentoirs, Boubat, Cartier-Bresson, Ronis, Lartigue, Ilse Bing, Sabine Weiss connaissaient un étrange succès. Était-ce leur seul regard, ou leur époque, qui triomphait ? Le Solex, le petit-beurre, la 4 CV apparaissaient comme le dernier Art nouveau. Tout le monde prêtait un sourire amusé à cette France d'après-guerre qui avait du talent sans le savoir.

Quelle idée avait-il eue de prétendre que c'étaient eux les amoureux? Y avait-il cru un instant, ou fait semblant d'y croire? J'en doutais. Il m'avait beaucoup appris le doute, et j'avais douté de tout, à travers lui. La photo de Doisneau prétendait au réel, et c'était un mensonge. Quelqu'un m'avait dit un jour : « On a retrouvé les amoureux du *Baiser de l'Hôtel de Ville*. Je croyais que c'étaient tes parents? » J'avais haussé les épaules, un peu décontenancé, sans plus. Les derniers temps, je n'accréditais plus la légende que du bout des lèvres. D'ailleurs, ma mère ne s'était jamais reconnue. Elle parlait de la gourmette, des boutons du cardigan, qui ne pouvaient être les siens. Mais lui entrait alors dans une sourde colère — être l'amoureux de l'Hôtel de Ville semblait si important à ses yeux — et, lasse, elle concédait des « Peut-être, après tout... Tu as sûrement raison... ».

Tous deux étaient parfaitement plausibles. Lui, avec cette allure élancée que mes cinq ans connaîtraient encore, sa coiffure si savamment folle, son sourire ironique — sur la photo, on ne voyait pas sa bouche, mais on sentait bien qu'elle pouvait blesser. Lui, avec cette aisance féline qui me pétrifiait à l'avance, me faisait le corps gourd, par un mélange d'admiration et de secrète opposition. Elle surtout, si reconnaissable dans l'infime retenue de son abandon, l'art de baisser les paupières sur ce regard gris dont la lumière au fil des ans se ferait d'abord un peu moins vive, puis glisserait vers la mélancolie.

Il aurait fallu que je regarde *Le Baiser de l'Hôtel de Ville* comme une photo de Doisneau. Je n'y parvenais pas. Certains mensonges sont plus forts que le réel. D'une certaine façon, ces deux amoureux étaient encore plus vrais de n'être pas ceux que j'avais cru y voir. De cette supercherie naïve à mes regards d'enfant, il y avait moins d'écart que d'eux-mêmes à ce qu'ils deviendraient.

Toutes les photos des années cinquante m'étaient devenues, à des degrés divers, des photos de famille. J'aurais voulu faire comme Léautaud, qui s'emparait du *Neveu de Rameau* chaque fois qu'il en découvrait un exemplaire chez un bouquiniste — de peur qu'il ne tombe « en de mauvaises mains ».

J'avais dû y renoncer. Doisneau était sur tous les présentoirs, dans toutes les vitrines. Les albums noir et blanc avaient même pénétré dans la très classique librairie Minard où je travaillais. Il n'y avait rien à faire contre cette implacable organisation de la nostalgie. Et sans trop me l'avouer, j'aimais bien que mon enfance soit devenue un classique, qu'on puisse l'exposer, la vendre, que le commerce lui sourie. Tout ce dont les gens ne se soucient guère quand ils vivent, le fuyant des jours, semblait cristallisé sur ces photos. Paris des palissades, des pavés, des écoliers en sarrau, des grands espaces de Ménilmontant, des boîtes à lait, des bals du 14-Juillet.

La nostalgie seule ne faisait pas le vrai de ces clichés. Je me disais parfois que le charme était davantage dans l'équilibre fragile de la distance — assez loin pour me dissuader de l'idée de la reconquête, assez proches pour contenir une part de moi, ces photos étaient à juste portée.

Voir une photo de Doisneau en passant, et la mémoire faisait semblant de s'éveiller, mais demeurait dans les eaux calmes de sa bonne conscience : une touche de regret qui se serait bien gardée de déraper vers le remords, une ombre de mélancolie qui donnait un charme de plus au présent. Mais regarder longtemps une photo de Doisneau, c'était très dur. Une histoire qui me concernait, et dont je savais que la fin serait triste — à peu près la tragédie comme on me l'avait définie en classe.

Le noir et blanc, cette rigueur qui sonnait juste,

mettait les destins en relief. Le noir et blanc sur le mobilier sombre, les trottoirs ; tout le monde était presque pauvre, en ce temps-là, chacun soumis au cercle de famille aussi. Les gosses dans les rues avaient des parents qui se disputaient et ne divorçaient pas. Le noir et blanc était cruel. Il m'avait rendu lâche.

Il n'y avait eu d'abord qu'une photo. Douloureuse, puisque c'étaient eux, mais supportable. Je croyais avoir atténué l'enfance. Mais une vague était montée doucement : Ronis, Boubat, Doisneau, Lartigue...

L'époque était revenue. Plus étrange encore : les gens qui ne l'avaient pas connue s'y reconnaissaient. Les lycéens achetaient les photos de Doisneau comme ils achetaient celles de James Dean, de Marilyn. Et les amoureux s'embrassaient dans les parcs, dans les cafés, sur les trottoirs...

On affichait partout mon Atlantide, et je voyais flotter un monde que je croyais si lourd — et englouti. Je doutais de plus en plus, sans cesse confronté au mensonge. Pendant longtemps je m'étais demandé : est-ce que ce sont bien eux ? Mais les questions avaient changé. Où étais-je dans tout cela ? Avais-je réellement un passé, ou seulement celui des autres à partager ?

Je posais la photo devant moi, sur le bureau.

Elle côtoyait les gommes, les stylos, le papier reliure de mon octascope. Je la saisissais entre le pouce et l'index, étonné chaque fois de la sentir si froide. Je ne l'avais pas tirée de l'album familial rouge et noir, je n'avais pas soulevé la feuille translucide, je ne l'avais pas cornée pour la soustraire à l'un des quatre coins fixatifs. Elle n'avait aucun pli familier. Une marge très blanche l'encadrait et révélait son anonymat. Une carte postale ? Je la retournais, et j'en discernais alors toutes les marques commerciales, le nom de l'éditeur et son adresse, l'identité du photographe. Deux plages blanches délimitées étaient destinées à un message. De qui à qui ? De quoi à quoi ?

Elle m'exaspérait, elle me fascinait ; elle me volait l'enfance, et m'engluait contre la vitre avec ses faux reflets. Un jour, je l'ai glissée tout au fond d'un tiroir. J'ai décidé qu'elle n'existait plus.

Longtemps, je n'ai plus pensé à cette photo. J'avais d'autres soucis. Il avait fallu peu à peu se rendre à l'évidence : la librairie Auguste Minard — littérature générale, éditions rares — n'était plus rentable. Je fis donc connaissance avec cette période que la fin du siècle ne proposait même pas comme une épreuve initiatique : le chômage. Jamais le début de l'automne ne m'avait semblé si doux, si proche de l'été. Dans le jardin des Batignolles, les premiers jours de classe donnaient aux jeux des enfants une avidité nouvelle. Il faisait chaud, mais le soir montait vite, dans une lumière de tisane que j'avais tout le temps de déguster.

Un jour, je repassai à la librairie. Partout, des cartons refermés, des piles de volumes attachés par une ficelle, des présentoirs vides, des étagères nues. La verrière du plafond distillait une atmosphère d'aquarium. Un instant, j'imaginai le thème opportun pour habiller l'espace ; j'avais toujours aimé cette sensation de liberté.

Dans ce demi-jour, le père Minard m'apparut comme une divinité déchue, traînant ses pantoufles dans un Olympe révolu. Il sembla content de me voir, pas fâché sans doute de suspendre les mornes tâches de rangement à quoi s'étaient réduites ses activités littéraires. C'était étrange de se retrouver là, de causer avec lui à petits coups dans la pénombre. Jamais je n'aurais pensé que nous avions si peu à nous dire. Au temps de la librairie, une connivence presque familiale habitait nos moindres gestes, une espèce de tendresse bourrue montait des phrases lapidaires. Mais cette monnaie d'échange n'avait plus cours. Il s'enquit d'Éric, dont il avait dû se séparer un an avant la fermeture définitive de la boutique. Puis il me quitta avec un geste mystérieux qui intimait la patience. Je pensais qu'il était parti me dénicher quelque incunable, en souvenir, mais il revint bientôt avec une bouteille de vieux porto sous le bras, deux petits verres cerclés d'or à la main. Prendre l'apéro sur le comptoir avec le père Minard ! La situation avait de quoi nous faire sourire. Je reconnaissais à peine les lieux où j'avais cru faire tenir quinze ans de ma vie — ce métier qui tenait moins du gagne-pain que de la passion flâneuse... Il y eut un silence trop long pour une première gorgée, puis le père Minard se lança dans un ronron prévisible :

— Non, vous savez, François, la littérature, en fait, ça n'intéresse plus personne... Mais je ne me fais pas de bile pour vous. Quelqu'un qui connaît les livres ne peut rester longtemps sans travail. Avez-vous déjà montré ma lettre de recommandation?

Je marmonnai une réponse évasive. Comment lui dire qu'en fait je n'avais rien cherché? Après quelques gorgées, quelques silences, et quelques sentences peu charitables sur l'époque, je pris congé. Le discours du père Minard m'agaçait un peu. Je n'avais nulle envie de tirer comme lui un trait rageur sur le monde où je vivais. Je l'aurais fait sursauter si je lui avais dit combien j'appréciais le magnétoscope — ne fût-ce que pour me repasser indéfiniment *Le Messager* —, les étuis cartonnés semblables à des paquets de cigarettes dans lesquels on vendait les frites des fast-foods; Montaigne dans le RER, Pascal devant la pyramide du Louvre, l'espace de Le Clézio sur fond de boulevard saturé — c'était la définition même d'une sorte de luxe autour duquel ma vie tournait, avec un peu de sagesse et pas mal de vertige.

Dans la rue, je retrouvai le marché Buci, et son effervescence de cour d'école. J'achetai un kilo de tomates olivettes pas tout à fait mûres pour mêler au plaisir de marcher leur fraîcheur acide. Voilà.

J'étais chômeur. Pour la première fois je le sentais vraiment, à déambuler dans ces rues familières. En même temps il y avait là comme une chance ; ce vide qui s'ouvrait demandait autre chose qu'un simple remplissage avec la même terre. Mais la verdeur des olivettes prenait une saveur un peu âcre, et un léger fond d'angoisse se mettait à flotter sur la rumeur anonyme des trottoirs. Pas si facile de se retrouver en plein après-midi à marcher au hasard, avec pour seul bagage un kilo de tomates. Le regard des autres n'entrait pour rien dans ce malaise — à Paris, on ne vous prête pas de destin. Non, c'était plus souterrain, et plus opaque — un vide à l'intérieur, le désir et la peur mêlés de se retrouver autrement avec soi-même.

La solitude, je connaissais — au fond, depuis vingt ans, avais-je jamais vécu autrement que seul ? Quelques prénoms féminins semblaient se diluer dans tout ce passé proche, avec des amis, des soirées, du cinéma et du théâtre, un style de vie des plus banals que je ne pouvais curieusement m'empêcher de trouver à présent frénétique — de même que je ne pouvais le détacher de ce rythme particulier que m'avait donné mon travail à la librairie. Mais le désir naissait doucement d'une autre solitude, un peu plus grave, un peu plus lente. Une petite île sur le fleuve. Fallait-il regarder en aval, en amont, donner enfin un sens à cet écoulement des jours que j'avais tout fait pour abolir ? Le père Minard en avait de bonnes avec ses certitudes, mais il avait fermé sa librairie, et la plupart de ses confrères attendaient davantage de l'ordinateur que des vendeurs « littéraires » de mon genre, dont l'efficacité restait suspecte et la susceptibilité envahissante. Quant au passé... J'avais tout fait pour l'oublier. Une flamme trop vive, une intensité de tout plus forte, et qui ne pouvait que blesser. Une écharde, qu'on laisse lâchement s'enfoncer dans la chair — ça ne fait pas très mal, infiniment moins que de l'extraire. Un petit sourire me montait aux lèvres en repensant à toute la belle autorité dont je faisais preuve à ce sujet quand il s'agissait de livres. Des clients me demandaient tels souvenirs d'enfance — un de ces innombrables faux livres de mémoire où l'enfance est réduite à une collection d'anecdotes soigneusement enjolivées, où il suffit de tourner le robinet pour faire s'écouler une eau javellisée. Je me récriais, m'indignais. Et mes clients repartaient avec l'un des rares volumes qui en réchappaient : *Du côté de chez Swann*, bien sûr, mais aussi *Le Traité des saisons* d'Hector Bianciotti, *Mon enfance est à tout le monde* de René-Guy Cadou, ou *L'Enfance* de Nathalie Sarraute.

Ce jansénisme me semblait tout à coup assez ridicule, au regard des complaisances jésuites dont j'habillais mon propre passé. Je vivais dans les livres, et tous les livres étaient mémoire. Mais cette mémoire-là était aussi une façon de me fuir et de me cacher.

Rue Saint-André-des-Arts, je faillis heurter un tourniquet de cartes postales. Sur le coup, je ne vis là aucun signe du destin. D'abord distraitement, comme s'il s'agissait de suivre le fil nonchalant de mes idées, je regardai une à une les photos noir et blanc, retournant celles que je ne connaissais pas encore pour découvrir leur titre et leur auteur. Contre-jour sur les escaliers de Montmartre, rues pavées de Saint-Ouen, marelles dessinées à la craie sur des trottoirs brumeux, fontaines Wallace, patins à roulettes, bistrots, terrains vagues de Ménilmontant... Une sensation de déjà-vu m'empêchait de me méfier. Soudain, une photo de l'Opéra ; je fronçai les sourcils. À la sortie du métro, un couple élégant, tous deux manteau de bonne coupe, coiffure soignée, elle sac à main raide ciré, s'embrassait avec une fougue policée qui restait très bon chic bon genre. Rien à voir avec la jeune insolence du *Baiser de l'Hôtel de Ville*, et cependant... En retournant la carte, j'y découvris le même nom — Robert Doisneau —, la même

24

date — 1950 —, et une désagréable impression de reproduction systématique, accentuée par la traduction du titre : *Le Baiser de l'Opéra/The Opera Kiss/Der Kuss von der Oper/Il Bacio dell'Opera*. Ainsi, il y avait une série de baisers, au hasard des quartiers, peut-être mis en scène, du moins captés avec une intention.

Curieusement, sur les présentoirs, pas de *Baiser de l'Hôtel de Ville*. Peut-être pour me dire que mes amoureux n'étaient pas les seuls au monde. Peut-être aussi pour me rappeler que mon enfance se dénaturait à vouloir être reflétée par leur seule image, et qu'il m'en fallait d'autres, où il ne serait plus question que de moi. Rue Saint-André-des-Arts, une autre photo m'attendait. Je ne la connaissais pas, mais la reconnus tout de suite. Je l'achetai au plus vite, et m'éloignai pour la regarder à mon aise, comme si j'avais craint d'être surpris.

C'était une photo de Sabine Weiss, réalisée elle aussi en 1950. Sur un manège, une petite fille en manteau à capuche chevauchait une moto. Le guidon rudimentaire à poignées de caoutchouc était visiblement celui d'une bicyclette, les roues ressemblaient à celles d'un landau. Mais il y avait le moteur brillant, la plaque d'immatriculation 16-BB fixée sur le garde-boue de la roue avant. Sous son passe-montagne tricoté, la fillette y croyait : un rictus décidé lui tordait la bouche et elle se lançait dans le vent ; derrière elle, un autobus « Bastille », relégué au rang de véhicule raisonnable. Le manteau de laine au col rond ressemblait à celui que j'avais porté bon gré mal gré — j'avais bien raison de trouver qu'il faisait fille. Je retrouvais le plancher du manège, ces larges lattes de bois sur lesquelles étaient fixés les animaux, les véhicules : les roues ne touchaient pas le sol, et cet infime intervalle était très important. Les parents, bras croisés ou mains le long du corps, devenaient plus immobiles encore, plus lointains. On leur adressait avec condescendance un sourire rassurant, un salut de la main distrait.

Rue Saint-André-des-Arts, je le sentis soudain : l'élan de ce manège dissimulait un secret qui n'était que le mien. Ma vie fermait le parapluie ; je voyais s'ouvrir devant moi des chemins embués, des chemins buissonniers. 1950. Les amoureux et les manèges, le regard de Sabine Weiss, le regard de Doisneau. Le cours du fleuve prenait un sens. Il me fallait d'abord nager jusqu'au plus fort, jusqu'à l'enfance. Dans cette solitude-là ma vie serait moins seule. Il n'y avait qu'à se laisser faire. Mes pas me menaient vers le Luxembourg.

Le petit portillon métallique, à l'entrée du jardin. Ce balancement de la porte grillagée, puis ce bruit mat, comme assourdi par sa répétition — et qui laissait pourtant chanter une infime note claire. En pénétrant dans le Luxembourg, il me sembla que la musique du portillon traversait des années d'oubli. C'était presque facile à Paris d'étouffer son enfance. On prononçait les mêmes noms, rue Damrémont, place Clichy, jardin du Luxembourg... Bien sûr, la tour Montparnasse découpait l'horizon, les autobus perdaient leur plate-forme — mais ce n'était pas très important. J'avais laissé partir ceux que j'aimais ; il y avait tant de destins. Il fallait marcher sur les trottoirs de la rue d'Amsterdam, ne pas rater la correspondance à Châtelet. Le ridicule c'était de se découvrir, le mauvais goût c'était d'encombrer les autres d'un passé qu'ils n'interrogeaient pas.

Je m'étais arrangé de ce jeu-là. J'avais gardé les couleurs, le gris brouillard des boulevards, le vert foncé des squares. Je flottais à la surface, tout changeait mais tout restait. Le décor était devenu un peu plus sage, un peu plus trouble ; le temps s'endormait ; plus rien ne semblait pouvoir se passer.

J'avançais doucement le long du bassin du Luxembourg. Pour la première fois depuis long-temps je regardais les amoureux sans songer à Clé-lia qui s'était lassée de moi. Dans la poche de mon jean, il y avait la photo froissée du manège, en moi l'envie de tout trouver clair et léger. Dans l'allée des mulets, la poussière à contre-jour neigeait dans le soleil. Je retrouvais l'odeur, le rite de la déambu-lation, la texture soyeuse du poil sur les flancs bombés des animaux. Sans me méfier, je m'appro-chai du manège de chevaux de bois. L'après-midi touchait à sa fin, mais de nombreux enfants atten-daient encore leur tour. Je reconnus la mince sil-houette de Mme Denise Bamps.

Elle tenait le manège depuis trente-deux ans — elle avait dû commencer juste à la fin de mon enfance. Pour avoir accompagné des amis avec leurs enfants, je connaissais sa bienveillante auto-rité. Elle exigeait toujours que la courroie de cuir fût assez serrée, avant de distribuer les petits poignards de bois qui permettaient d'attraper les anneaux... La dame des balançoires, la dame du kiosque à gourmandises, la dame du manège, et celle des voiliers : le regard que j'avais longtemps porté sur elles était un cliché reposant. Il y avait des gens payés pour que le temps ne passe pas, pour que les enfants de Bicot, de Tintin, de Batman soient les mêmes. Mais ce n'était pas vrai. La petite musique du plaisir chantonnait sous les marronniers. Mais les tours de chacun restaient comptés.

Regarder la photo de Sabine Weiss, revenir s'attarder près du manège du Luxembourg, c'était s'avancer sur un plongeoir. L'élan silencieux du manège me hélait comme un vertige. Une petite fille très brune en robe claire tournait devant mes yeux, sans s'occuper de ses parents ni des anneaux. Son image se troublait peu à peu dans l'accélération des tours, et je retrouvais tout, soudain, avec une effrayante précision.

Un jour, un éclat de lumière. On m'avait juché tant bien que mal sur un cheval de bois du Luxembourg. Je ne voulais pas. Je me sentais bien trop petit, quatre ans, peut-être cinq. L'espace sous les sabots des chevaux me semblait bien trop haut, tellement plus grand que la marge confortable des motos, des autobus. J'étais là, mal ficelé par la courroie, chevauchant de guingois une monture noire et froide. Je ne hurlais pas. Un fatalisme étrange me disait qu'il fallait en passer par là. La dame du manège me tendait mon poignard de bois. À côté, un grand n'attendait que cela, et s'enthousiasmait. Moi, je savais que je ne m'en servirais pas. J'avais trop attendu. Au temps du toboggan, des balançoires, on me le promettait déjà...

C'était un devoir important, une étape à subir. Les derniers cavaliers arrivaient. Et Lui? Et Elle? Ils étaient là, soufflant devant eux de petits nuages dans l'air froid. Ils ne m'adressaient plus un geste pour ne pas me gêner, mais m'encourageaient d'un acquiescement de paupières, en battant la semelle pour se donner une contenance. C'est cela qui me tuait : cette façon de les deviner, de les pressentir, et cette obligation de jouer mon rôle. Je savais déjà comment j'allais aborder cette composition nouvelle : si l'enthousiasme m'était impossible, je pouvais mimer une satisfaction courtoise, avec peut-être un air navré chaque fois que j'oublierais de tenter ma chance au décrochage des anneaux.

Le manège s'élançait. Pas de moteur, pas de musique : seulement les cris des enfants, et ce vert sombre Luxembourg, ce vert profond qui bientôt n'était plus celui des arbres, des guérites, des bancs, mais une tonalité mouvante, un océan de vert qui m'éloignait peu à peu, me donnait enfin la liberté, avec la solitude. Sous moi, ce n'étaient pas les lattes rassurantes des manèges à motos, mais la terre du

Luxembourg, si bas, si loin, si vite. Je serais tombé si j'avais regardé le sol longtemps. Pour échapper au piège de l'accélération qui me submergeait, j'essayais de fixer mon attention sur les anneaux. Au bout de la planchette où ils descendaient tour à tour, certains se présentaient honnêtement, prêts à se faire happer par le poignard d'un cavalier décidé ; mais d'autres se couchaient, sournois, et des cris de déception attiraient l'attention de la dame qui venait rectifier la position de l'anneau, sans se presser, manifestant son désir de garder la mainmise sur les désirs de ses sujets. Le petit cliquetis des anneaux effleurés, celui des anneaux décrochés, les cris de triomphe suivis de courts silences où je sentais vibrer dans l'espace les envies de victoire au prochain tour, tout cela m'avait vite ennuyé. J'avais vaguement brandi mon poignard dans les premiers tours. Mais il fallait tant se pencher, il fallait tirer si fort pour décrocher cet injuste trophée que les grands arrachaient trop facilement, quand les petits brandissaient tristement leur poignard vide. Le manège tournait assez vite pour effacer cette contrainte, brouiller l'image de ceux qui attendaient de moi l'exploit. Je les décevais, ou je croyais les décevoir, ce qui était plus grave. Avec ce léger remords, je m'enfonçais dans un tourbillon vert Luxembourg, à la fois terrible et attirant, comme un cauchemar paisible dont j'aurais pressenti la fin prochaine, au paroxysme de la peur. Cela allait de plus en plus vite. Je me cramponnais au cou de ma monture noire. Mais je savais qu'imperceptiblement le rythme allait décroître ; les adultes allaient retrouver des silhouettes nettes, et les enfants lassés les regarderaient en attendant que tout s'arrête. D'autres enfants s'impatientaient — la seule chose qui me donnait un peu envie de demeurer sur mon cheval. Pour le reste, c'était assez triste de les apercevoir tous les deux. Il la tenait par l'épaule, et souriait en me regardant, mais ce n'était pas vraiment un sourire de lui à moi. Je le sentais, son sourire me traversait, me dépassait, plutôt lié à la situation. Il souriait à l'idée du dimanche en famille, tenait son rôle avec gentillesse — en même temps, il ne pouvait s'empêcher de s'en moquer un peu. Elle, ses yeux gris amusés me tenaient un autre langage, qui me concernait davantage : « François, tu n'as même pas essayé d'accrocher un anneau, je te reconnais bien là, mon grand aventurier. »

Le dimanche matin, il y avait des odeurs d'amidon, des chemises blanches, du poulet rôti, des gens partout sur les trottoirs, des verres entrechoqués quand on passait devant les bars. Le repas de midi était à la fois le sommet de la fête et le début du désenchantement. Après, Paris s'endormait, Paris se taisait, nous laissait une clairière redoutable où nous faisions semblant de ne pas nous interroger. Alors nous faisions un tour, et le manège était une aubaine. Ma joie supposée devenait l'alibi des temps creux.

Mais je portais le poids de la joie travestie. Je m'en souvenais exactement. Nous étions presque ensemble, tous les trois. Lui n'était pas tout à fait là. Il le savait, mais il n'y pouvait rien. Des rêves le menaient, le taraudaient, un rôle qu'il était sur le point d'obtenir au cinéma — Louis XIV jeune dans le *Versailles* de Sacha Guitry, la chance de sa vie, peut-être. Elle bien sûr souhaitait qu'il réussisse — c'était déjà tellement mélancolique de partager ses déceptions. En même temps elle pressentait le piège : ses succès d'acteur le détacheraient d'elle et de nous. Alors, ce temps où tous les rêves étaient encore devant, elle aurait bien aimé que nous sachions le boire à trois, le suspendre quelques instants.

Jusque sur les manèges j'emportais leur fêlure — je la sentais inquiète, je le savais absent. Plus de trente ans après, les guérites, les bancs, le vaste champignon des gardes restaient vert sombre au fond de cette image, mais je nous revoyais en noir et blanc.

J'étais pris au piège. Le passé me gagnait peu à peu. Avec une boulimie tranquille, je me mis à traquer les documents, *Paris-Match*, *Miroir-Sprint*, et même quelquefois *Cinémonde*. C'était fou ce que la fin du siècle accumulait de nostalgie. Dans les brocantes, les librairies, les carteries, il suffisait de se pencher pour découvrir sa propre strate. Cela commençait avec la fin des années trente, les paquebots, Casablanca, puis on glissait vers Humphrey Bogart, Ava Gardner — heureusement, il y avait les photographes pour distiller en contrepoint le quotidien des Français. Ensuite, les registres se mêlaient davantage : Bourvil et Marilyn, Bardot, Camus, Kopa, les miniatures Dinky Toys, James Dean, Gérard Philipe. C'était mon rayon. Je m'arrêtais et fouillais. Le mouvement toutefois ne s'arrêtait pas là. Le goût du passé prendrait des allures plus britanniques — on ne parlerait plus que de sixties, de Beatles ou de Stones. Au moment de basculer vers les années deux mille, chacun regardait en arrière.

Mon deux-pièces tenait autant du belvédère que du terrier, avec mon vieux fauteuil au tissu râpé, aux courbes déferlantes pour m'engloutir dans un océan de lecture; avec aussi ce long bureau-plaque de verre sur des tubes de métal. Poser sur cette surface mes découvertes récentes, les photos de l'époque, les couvertures de *Mickey*, c'était mêler deux systèmes de vie qui avaient tout fait pour s'infléchir, s'éloigner l'un de l'autre. Pour la première fois, je prenais conscience de cet écart, de cette presque fuite. J'habitais rue des Moines, dans un immeuble dix-neuvième très semblable à celui de mon enfance, rue Damrémont. Il y avait la même porte d'entrée lourde, la même petite sonnerie électrique avant de pouvoir la pousser; dans le hall, des plantes vertes similaires; le même tapis rouge courait dans l'escalier. Mes parents possédaient des meubles ambrés, cirés, un cosy-corner, un poste de radio aux formes rebondies, un piano faussement droit dont les motifs s'épanouissaient en volutes. Lorsque ma mère était morte, il y avait eu ce jour abominable où il avait fallu revenir avec mon père dans l'appartement, tout mettre en ordre, tout classer. Malgré son insistance, je n'avais pas voulu d'autre souvenir que l'album de photos de cuir noir, avec ses rubans rouges.

En quarante ans, je n'avais franchi que la mince

frontière qui séparait le dix-huitième arrondissement du dix-septième. Cependant, c'étaient deux continents différents, deux antipodes. La rue Damrémont proposait à l'horizon une légère courbure; la ligne de fuite s'élargissait, se confondait avec le ciel : derrière, il y avait comme une mer qu'on appelait place Clichy. Rue des Moines, on s'évadait à plat, vers le jardin des Batignolles. D'autres sans doute avaient rêvé leur enfance aux Batignolles, et puis vieilli rue Damrémont.

Les livres prenaient toute la place. Ils devenaient ma vie souvent, mais les passagers de mon appartement n'y voyaient que des livres. Pour le reste, rien ne trahissait vraiment mon intimité. Je tenais à cette espèce d'anonymat, de virginité des choses, qui s'opposait aux souvenirs de la rue Damrémont — dans le dénuement tout demeurait possible. Et puis j'aimais que Bach soit enfermé dans un disque compact, devienne un petit soleil de métal argenté, traversé d'un arc-en-ciel. Je mettais le lecteur en marche, j'éteignais les lampes; assis en tailleur sur la moquette, je dégustais la douceur abstraite de l'espace, la musique, et ces petites lettres d'un bleu électrique et pâle qui couraient, frénétiques et dociles, sur l'écran de l'appareil.

Depuis le chômage, des objets venaient s'installer au hasard de mes trouvailles. Dans une boutique de jouets anciens, j'avais acheté un camion-remorque avec un petit filin noir, un treuil et une manivelle. Je remontais le mécanisme, essayant de réveiller des sensations anciennes. Rien ne se passait. Je posais le camion-remorque sur le magnétoscope et le regardais...

Un soir, je pris machinalement une feuille de papier et un stylo, pour essayer autre chose, un apprivoisement. Je croyais mes rapports avec l'écriture définitivement réglés. Ma passion pour la littérature s'était renforcée de mon impuissance à concevoir l'idée même d'un livre. Et c'était avec une sorte de fétichisme nostalgique que je caressais les couvertures — le roman qui me plaisait était aussi celui que je n'écrirais jamais. Ce soir-là, cependant, une lenteur, une patience inhabituelles m'avaient gagné de l'intérieur. Et la page demeura blanche, comme un premier signe d'exigence peut-être. Je me dis cette fois encore que la lecture me rendrait ce que l'écriture ne me livrait pas. Dans une solderie de livres, je dénichai *L'Île au trésor*, dans la collection « Idéal Bibliothèque » : couverture blanc cassé, petit filet rouge dessinant des losanges. Le début du récit, avec les falaises menaçantes, la pluie glaciale, les colères au rhum et au couteau de l'amiral Benbow, me redonna la fièvre. Mais peu à peu l'aventure elle-même dilua, rétrécit, effaça tout. La même déception m'attendait avec *L'Île noire*. C'était bien l'album de mon enfance : sur la couverture, la barque sans moteur. L'air semblait vif et froid dans la campagne où Tintin se promenait en imperméable, les aviateurs gainés de cuir surgissaient aussitôt comme une menace indéchiffrable. Mais les pages suivantes abolirent dans l'action trop prévisible ce sentiment d'avoir découvert comme un début de piste.

Il y eut des miroirs aux alouettes, des canifs veinés de nacre de plastique rose, des numéros du *Chasseur français*, un exemplaire du catalogue Manufrance — je le lisais toujours dans les toilettes, autrefois, en extase devant les théories de cannes à pêche, les trésors d'hameçons dessinés à la plume. Puis il y eut un premier signe fort, un premier jalon vers la pierre philosophale.

Une figurine Mokarex! Condorcet assis sur un banc. Cet objet-là, je le trouvai porte de Saint-Ouen, à l'étal d'une brocante assez pouilleuse. Dans un vieux carton : des cow-boys en plastique, des soldats de la deuxième guerre, et quelques silhouettes familières, dotées ou argentées. Des soldats Mokarex. On leur avait donné le nom de cette marque de café qui s'en servait comme réclame. Au plus caché des grains lisses, on plongeait la main ; on la fermait sur un trésor d'argent très mince, ou un trophée de bronze plus volumineux. Il y avait deux séries de figurines Mokarex. La première, composée surtout de soldats, ne m'intéressait pas : de face, les personnages étaient crédibles, mais ils n'avaient pas d'épaisseur, et leur couleur métallique associée à leur étique raideur les prédisposait mal au jeu. Autour de moi, les adultes s'extasiaient sur le fini des figurines. Notre cousin de Strasbourg, étudiant aux Beaux-Arts, avait égrené toute la collection le long de son cosy-corner. Moi, je ne rêvais que de la deuxième série — celle des personnages dorés. Plus gros, plus spectaculaires, sans doute un peu plus frustes, ils étaient trésor de guerre, monnaie d'échange dans les attroupements des récréations, à l'école de la rue Damrémont. Dans sa boîte de carton minable, je reconnus Condorcet. Je le pris dans la main, surpris de sa légèreté. Soudain quelque chose se réveilla. Ah! oui, quand on avait perdu tant de billes pour le gagner, qu'on se précipitait enfin pour le saisir, il y avait cet étonnement, cette petite déception qu'on enfermait bien vite au creux du poing.

Huit pas. C'était un prix prohibitif — mais le volume exceptionnel de la figurine justifiait ce tarif. Huit pas pour Condorcet nonchalamment assis sur son banc. À huit pas, les chances de toucher d'un jet de bille le mathématicien-philosophe devenaient problématiques. Nous autres, écoliers affranchis du dix-huitième, avions proscrit la bâtarde roulette, où la bille épousait complaisamment les aspérités du sol pour ramper vers son but. La tiquette relevait d'une philosophie autrement crâne et désinvolte : un lancer aérien, dont la courbe idéale s'ébauchait dans le balancement préparatoire de l'avant-bras. Les points d'impact étaient souvent hasardeux. Avec une voracité de commerçant médiocre, le propriétaire de Condorcet enfournait les agates dans ses poches : assis sur le sol, les jambes écartées, il « exposait » son bien. D'abord pondéré, le rythme du lanceur se précipitait avec l'irritation des échecs successifs. Le geste de plus en plus fébrile de l'exposant récupérant ses billes devenait alors d'une gloutonnerie un rien dégradante, émoustillée par la pauvreté grandissante de l'adversaire. Mais il y avait toujours pour finir ce jet parfait, consolant, pressenti dès l'équilibre de la bille au lâcher de la main, bientôt conforté par un son presque argentin — comment cette statue de bronze pouvait-elle se révéler aussi légère sous le choc ? Condorcet valsait dans les airs, rendu quelques secondes à son essence de jouet publicitaire en matière plastique. Quelques secondes. Celui dont le lanceur s'emparait, qu'il refusait d'exposer à son tour, valait déjà tout le prix des billes dépensées — beaucoup trop.

Plus tard, à l'heure de l'étude, quand je l'extrayais de ma poche pour le regarder sous mon pupitre, il valait bien plus cher encore. Comme il me paraissait tranquille, inaccessible et proche! Dans la lumière beurrée de la classe, le bronze de la statuette coulait la réalité dans un monde uniforme : l'homme et le banc, le sourire et la pierre. Il fallait gagner le monde à la tiquette, puis lui donner tout son prix dans le presque silence retrouvé, la solitude de l'étude aux soirs d'hiver.

Condorcet : mathématicien-philosophe (1743-1794). Je ne savais pas vraiment ce que ces mots signifiaient, et ne souhaitais pas en savoir davantage. Condorcet n'était pas un savant. C'était une statuette étrange, mi-banc, mi-homme, un rêve de billes à huit pas dont les reflets de bronze plastifiés avaient la splendeur d'une fortune d'agates dépensées — il fallait bien payer le prix des rêves.

Les soirs d'école me revenaient. Ce silence cotonneux de l'étude, vers six heures moins le quart, quand les devoirs étaient finis et qu'il fallait se taire. Dès le cours élémentaire, j'avais connu cet ennui surchauffé, cette tranquillité pesante qui nous gagnait après tant de problèmes et tant de récréations. Je ne pensais à rien. Je n'en voulais pas à mes parents — presque tous mes copains connaissaient le même sort. Mais à la satisfaction de posséder Condorcet et quelques agates se mêlait une mélancolie qui montait juste à cette heure-là, les soirs d'hiver surtout. Ils m'avaient tant gardé pour eux. Ils avaient répété partout qu'ils me mettraient à l'école le plus tard possible, le moins longtemps possible. Mais ce plus tard était venu, avec l'année du cours préparatoire ; mais ce moins longtemps s'était peu à peu allongé — comment faire autrement ? L'institutrice corrigeait ses cahiers, trempait son porte-plume dans un flacon d'encre rouge, s'interrompait pour jeter un œil

43

au brouillon de la rédaction qu'un élève lui présentait. Je ne me sentais pas seul. Mais je pensais à eux, sans trop savoir pourquoi cela me rendait triste.

Je ne les reconnaissais pas vraiment sur la photo de l'Hôtel de Ville que mon père mettait en évidence sur le buffet de la cuisine, mais que ma mère dissimulait en partie entre le courrier et les assiettes de collection. Ils ne pouvaient plus être ces amoureux dont l'impudeur me choquait. À cause de moi, ils étaient pour toujours des parents. Et voilà que je les abandonnais. Ils se disputeraient plus souvent.

Au-dessus de l'institutrice, la grosse pendule noire n'en finissait pas d'arriver à six heures. Condorcet dans la main, je retrouvais ma petite mélancolie. J'aimais bien l'école, malgré quelques regrets... les premières années... Elle travaillait à la poste, dans le sixième. Cet emploi régulier, dont je savais peu de choses, était une espèce de sacrifice librement consenti qui permettait à mon père de continuer à caresser des rêves extravagants de théâtre et de cinéma. Elle avait passé des concours chez elle, en Alsace. Elle pouvait espérer monter dans l'échelle administrative : receveur, inspecteur peut-être...

Lui, ses horaires fantaisistes le faisaient émerger

du sommeil vers dix heures du matin. J'avais trois ans, quatre ans. Ce temps-là me revenait en images très nettes, reliées confusément — mais je pouvais reconstituer le fil des jours. Le matin, je restais avec lui. Dès que je me réveillais, j'avais le droit de le rejoindre dans sa chambre — je traversais vite le couloir sombre avec son parquet froid sous mes pieds nus. Il dormait encore, et je venais me lover à la place qu'elle avait abandonnée. Je ne m'enfonçais pas au creux des draps ; je me recouvrais seulement avec le dessus de lit soyeux et molletonné, couleur safran. Allongé sur le dos, le pouce dans la bouche, je me laissais gagner par l'odeur de leur chambre. Au-dessus de nous, le lustre de cuivre réalisé par mon grand-père de Courbevoie réfléchissait la pièce, et c'était bien ce cercle doré presque rouge où le matin dormait à l'envers. Bientôt, il bougonnait un peu, se retournait, passait son bras sur mon épaule. Ce moment-là était très chaud et très vrai. Après, pour le petit déjeuner, la toilette, nous étions plus raides, un peu plus convenus dans nos rôles respectifs empreints de sagesse et de sollicitude. Il me préparait mes tartines, avec la confiture de prunes de Mamie de Kintzheim. Il me disait que ça sentait bon l'Alsace et j'approuvais sans conviction — pour moi, la confiture verte, légèrement acide, avait seulement le goût du déjeuner avec lui. Ensuite, pendant qu'il se rasait devant une glace accrochée au-dessus du robinet de la cuisine, je faisais ma « petite toilette » — seulement le visage et les mains. Avant de partir, elle m'avait préparé mes vêtements du jour sur une chaise. Une petite gêne s'installait, insidieuse, au fil de tous ces gestes familiers. Les paroles s'espaçaient.

Mais il m'emmenait faire les courses, et dans l'air de la rue nous respirions à l'amble, beaucoup mieux. Il y avait l'odeur du marchand de vin, rue Marcadet. Le sol de terre battue était imbibé d'un poison mauve et entêtant qu'exhalaient aussi les planches des barriques et leurs cerceaux de fer. Le marchand de vin surgissait le plus souvent du sous-sol, soulevant une trappe, et l'on voyait d'abord son béret. Le sous-sol de Paris me semblait tout entier voué au commerce vinicole. Il y avait la crémerie, rue Damrémont, et l'immense cuve de lait où le serveur en tablier blanc plongeait une louche — je faisais toujours le cauchemar de m'y noyer.

Je tenais mon père par la main. Il me demandait si je voulais aller au square Carpeaux ; le plus souvent, je préférais marcher à ses côtés, toujours plus loin, monter un escalier qui menait vers la Butte. Il me faisait glisser sur la main courante, ce qui me terrifiait : pour briller devant lui, je sentais qu'il fallait prendre des risques. En haut de la rue Lamarck s'installait souvent un aiguiseur de couteaux avec sa meule. Mais notre plus grand plaisir venait de la glacière : une fourgonnette tirée par un cheval gris et lourd. À chaque fois, mon père me disait de bien regarder, que ce cheval était le dernier à fouler les rues du dix-huitième. Je n'avais pas besoin de ses conseils pour être fasciné par l'attelage disparate. Derrière le cheval qui semblait d'autrefois, la fourgonnette, compacte et fermée, contenait de volumineux parallélépipèdes de glace. Les ménagères processionnaient derrière la voiture, et repartaient en portant devant elles avec une dignité royale leur butin emmailloté dans un linge épais. Nous n'aurions recours à ce raffinement que pour des occasions exceptionnelles, où la glace trouverait sa place dans le petit placard extérieur accroché au mur de la cuisine, au-dessus de la cour. Je n'avais revu depuis ces pains de glace que sur la photo célèbre où un zazou dégingandé les utilisait comme des skis, et traversait ainsi la place de la Concorde, tiré par une automobile. Une photo sacrilège, bafouant la componction rituelle qui se devait de présider au commerce de la glace.

Dans les ruelles, les sentes, les escaliers, le long de quelques palissades, dans quelques squares traversés, nous étions deux. Je tenais mon père par la main, ou bien nous marchions à distance, entre hommes. Nous parlions peu. Bien sûr, il semblait parfois ailleurs, je le sentais à sa façon de me faire répéter une question sans prêter davantage d'attention. Mais souvent, dans son matin de saltimbanque, il aimait croiser mes regards et mes jeux. Tout paraissait alors si simple et fort.

Revoir mon père. L'idée s'imposa soudain, tandis que je déambulais avenue de Saint-Ouen, mon Mokarex à la main. J'avais un bon prétexte, je voulais qu'il me prête des photos. Je souhaitais surtout qu'il renonce à se reconnaître dans l'amoureux du *Baiser*. Toutes les preuves étaient contre lui, mais je désirais tenir l'aveu de sa bouche. Cela ne changerait pas grand-chose, et cependant...

Je pris le RER jusqu'à Nanterre avec le sentiment de me lancer dans une aventure exotique — depuis bien longtemps, je n'avais plus quitté Paris. Je regardais défiler les stations, me demandais comment mon père avait pu venir habiter en banlieue. Lui pour qui rien n'existait en dehors de Paris! Bien après qu'il eut renoncé à rester comédien, quand ma mère lui suggérait de partir en province — sans doute rêvait-elle à son Kintzheim natal —, il balayait les arguments les plus irréductibles avec une formule dont je pressentais la justesse sans pouvoir la vérifier : « C'est à Paris que ça se passe. » Il habitait désormais un trois-pièces convenable, tout près de la station Nanterre-Université. C'était presque un aveu — visiblement, ça se passait sans lui.

Après la mort de ma mère, il avait refait sa vie, comme on dit. Une expression bizarre, mais pas vraiment fausse. Il s'agissait moins de tourner la page que d'effacer les précédentes. Danièle, sa nouvelle compagne, se montrait charmante avec moi. Nous nous appelions par nos prénoms, nous nous tutoyions avec une presque camaraderie qui ne signifiait pas grand-chose, mais rendait le présent supportable. C'était elle qui m'encourageait à passer plus souvent. Elle avait presque mon âge, et deux enfants d'un premier mariage, qui venaient eux-mêmes de se marier. Quand ils vivaient encore tous les quatre, j'évitais de venir les voir. De temps en temps, mon père me donnait rendez-vous au Parc des Princes ou à Bercy, pour partager les seules passions qui nous restaient communes : le tennis ou le football. Il ne souhaitait pas trop que je le voie jouer son plus mauvais rôle — celui du beau-père essoufflé.

Depuis qu'ils s'étaient retrouvés à deux, ma place était plus facile à prendre. À Nanterre, je m'attablais sans gêne dans la cuisine pour bavarder en prenant un café, mais lui n'était pas à l'aise. Il pré-

férait Bercy. Là-bas, nous échangions des caca-
huètes en commentant les volées de revers de Ste-
fan Edberg. Dans la cuisine de Nanterre, il fallait
se regarder en face. Danièle me prenait à témoin de
cette léthargie, de cette envie de rien qui semblait
s'être abattue sur lui :

— N'est-ce pas qu'il n'était pas comme ça ?

Il me jetait au-dessus de sa tasse un regard
humble et tendre qui voulait remplacer tous les
mots qu'il n'avait pas su dire, et je parlais d'autre
chose...

Leur décor était un compromis. De leur première vie, les signes apparents étaient maigres, et
résultaient d'une diplomatie affective plus dérisoire que l'oubli. Au-dessus du téléviseur, une
photo de lui au temps de sa splendeur : le concours
du Conservatoire, Premier accessit de comédie
dans le rôle de Scapin. Au fond de la scène, à
droite, on reconnaissait Louis Jouvet qui pro-
clamait les résultats. Dans un cadre doré sur le
buffet, à côté du compotier, Danièle avait affiché
sa propre gloire, en symétrie : un cliché pris au
bord d'une plage, en Bretagne, avant son premier
mariage. Cheveux courts et crantés, mains sur
les hanches et regard appuyé. Son corps moulé par
le maillot de bain valait bien un premier accessit.
À côté du téléphone, le cadre réservé aux enfants

paraissait artificiel — j'y côtoyais les fils de Danièle, que je connaissais à peine, et qui avaient vingt ans de moins que moi. Hors de ces vestiges, rien du passé, rien que cet écart trop grand qui séparait les photos de l'ennui qui leur avait succédé.

J'aurais dû m'en douter. Trop heureux que la conversation ne porte pas sur lui, il m'accabla de questions, dès mon arrivée.

— Alors ? Qu'est-ce que tu deviens ? Tu as trouvé autre chose ? Si ça peut t'être utile, j'ai un ancien copain qui tient une librairie spécialisée dans le théâtre...

Difficile de leur dire ce vide que je voulais faire en moi, le sens que je voulais donner à cette pause. Ne rien précipiter, tout goûter de ce risque et de cette chance. Je parlai d'un livre que j'avais envie d'écrire.

— Un roman ? J'en étais sûr ! a-t-il lancé. Demande à Danièle. Je lui dis toujours : à force de vivre dans les livres, François va finir par nous faire le sien.

Un roman ? Je ne dis pas non, mais l'idée me fit sourire. Pour lui, un livre ne pouvait être qu'un roman. À plus de soixante ans, il s'embarquait toujours dans les histoires, prenait à relire *Croc-Blanc* ou *Moby Dick* un plaisir que j'enviais. Peut-être, à sa façon, n'avait-il jamais perdu son enfance. Danièle partageait son amour de la fiction, et ils enregistraient des films avec une voracité surprenante. « Tu as programmé le magnétoscope ? » : la question, posée par l'un ou l'autre sur un ton d'urgence et presque de supplication, troublait le cours de nos conversations, révélant une soif qui me laissait perplexe. Les vidéocassettes s'empilaient partout. Toutes leurs soirées, et désormais une bonne partie de leurs après-midi, étaient consacrées au cinéma domestique. J'aurais dû m'en satisfaire, et penser qu'ils trouvaient là un agréable dérivatif à une vie devenue solitaire. Mais quelque chose me gênait dans cette passion ; je ne pouvais m'empêcher d'y voir une sorte de morbidité fiévreuse — chez eux, la vie tuait la vie.

Je restai très évasif sur le livre — ce qui n'était encore qu'un vague projet devenait au regard des autres un alibi social éludant d'autres questions. J'acceptai un café, une cigarette blonde, reculant avec un peu d'appréhension le moment de l'interroger sur la photo. Soudain je me lançai, évoquai cette émission de radio qui laissait peu de place au doute, pensant au moins l'embarrasser, surtout devant sa nouvelle compagne. Mais tout à coup l'acteur endormi retrouva sa superbe, l'accusé se fit accusateur magnanime, en moins de temps qu'il n'en faut pour étourdir un auditoire. Après tout, si ce type à la radio voulait vraiment passer pour l'amoureux de l'Hôtel de Ville, s'il n'avait que ça dans l'existence! Doisneau avait cru sincèrement le reconnaître. Et puis Doisneau devait être un chic type, il n'avait pas voulu faire un scandale. Pour le photographe, seule la photo comptait!

Sa volubilité me donna un plaisir que je n'attendais plus. À nouveau trahi, sans doute, mais à nouveau séduit, entraîné, subjugué, je ne le croyais pas, bien sûr, mais prenais un grand bonheur à faire semblant. Au fond, tout tenait aussi dans cette illusion. Son mensonge était vrai, puisque j'avais vécu de son mensonge. Et puis un petit doute me restait, un nuage infime qui prolongeait la confusion de mes images. Enfin, je découvrais que cela m'arrangeait. À la mémoire singulière, à l'enfance qui brûle, il me faudrait lier la mémoire partagée, celle des photographes, des objets, des habitudes. On n'est jamais tout à fait seul.

Je capitulai sans regret. Dans ses yeux je vis que ma conviction lui tenait à cœur. C'est lui qui me proposa de le suivre à la cave, avant que Danièle et lui ne fassent ce grand vide qu'ils évoquaient tous deux comme un soulagement. Là, au milieu des jouets en plastique que les enfants de Danièle avaient tour à tour abandonnés, je recherchai en vain ces fameuses photos « qui devaient bien être quelque part ». Je compris vite que je ne les trouverais pas. Il me faudrait me contenter de l'album rouge et noir. J'allais me consoler avec une pile de *Mickey* de l'année 1957, lorsque je remarquai un carton à chapeau d'un poids étrange. À l'intérieur, je reconnus tout de suite ces galettes métalliques dans lesquelles mon père enfermait ses films familiaux en super-8. Je me tournai vers lui :

— Tu peux les prendre. Moi, je ne regarderai jamais ça.

Après un petit silence, il ajouta :

— Je crois que ça serait un peu trop dur.

C'est ça qui rendait tout plus difficile avec lui : souvent, il ne mentait pas.

Au moment de partir, ils voulurent me prêter leurs derniers enregistrements. Comme toujours je refusai, avec un peu plus de douceur qu'à l'habitude.

À l'opposé de mon père, je ne croyais plus aux histoires. J'essayais de relire *Crin-Blanc*, *L'Île au trésor*, *L'Appel de la forêt* : rien ne me rendait le regard que j'avais eu. J'allais très peu au cinéma. Aussi mes amis s'étaient-ils étonnés lorsque j'avais fait l'acquisition d'un magnétoscope, et plus encore quand j'avais prétendu l'utiliser pour un seul film : *Le Messager* de Losey.

Sous la forme lisse, traversée de lueurs fluorescentes, le long des lettres abstraites — Digital processor/Twin speed/A4 head/ Pal-Secam —, je voyais déjà une campagne anglaise, un enfant à bout de souffle, des amants condamnés. J'appuyais sur le bouton « lecture ». Un gargouillement métallique en forme d'acquiescement m'annonçait paisiblement que tout allait revenir. Pour la centième fois, je regardais *Le Messager*.

On me demandait les raisons de cette exclusive, et je ne trouvais jamais les mots. Je savais simplement qu'il fallait regarder, me laisser faire. J'éteignais toutes les lumières. Chaque fois quelque chose recommençait.

Avec le chômage, l'expérience avait lentement changé de nature. Je m'étais moins abandonné; malgré moi, j'avais commencé à répondre aux questions que je n'avais jamais formulées. Cet enfant qui servait de messager à deux amants, cet enfant qui vivait toute leur histoire, leur peur et leur secret, cet enfant qui vivait l'amour au creux de son enfance, avec une telle intensité qu'il n'y aurait jamais d'autre histoire pour lui, c'était moi, bien sûr. Il faisait le bonheur des autres, puis sans le vouloir, il les trahissait — mais il en portait pour toujours le remords, la brûlure.

Dès le début du film, des flash-back intervenaient : le messager des deux amants revenait sur les lieux. Mais les premiers retours en arrière étaient si rapides qu'on ne les percevait pas vraiment. Ils devenaient de plus en plus longs, de plus en plus insistants, au point d'en constituer une part essentielle : pendant cinquante ans, le messager n'avait porté que cette histoire en lui, la diluant dans chaque geste du présent avant de revenir aux sources. Il fallait regarder le film plusieurs fois avant de pouvoir déceler tous les retours en arrière — et l'impression demeurait qu'on en avait manqué quelques-uns.

J'étais leur messager. Je m'insinuais partout dans leur histoire. Je ne voulais pas d'autres couleurs, d'autre mémoire. Il y avait une campagne anglaise, au long de la rue Damrémont. Malgré les mensonges de mon père, j'étais entre eux, sur la photo de l'Hôtel de Ville et dans le film de Losey. Je m'étais toujours senti responsable, garant de leur accord ou de leurs brouilles.

Je trouvais que le jour ne les rassemblait pas assez. Avec lui le matin, avec elle le soir. Cette alternance résonnait déjà comme une fêlure. Dans la douceur, l'intimité, dans leur complicité avec moi, je les découvrais séparés. Bien sûr, c'était pour lui qu'elle quittait la maison aux heures où il s'y trouvait. Pourquoi cette volonté, ce sacrifice qui ne reflétaient plus la moindre entente?

Elle jouait avec moi le soir au mikado. La table ronde blottie dans un coin de la salle à manger nous laissait bien trop d'espace. Le parquet ciré brillait froid. J'avais envie de gagner. Mais quand je venais de prendre un « samouraï » au prix de délicatesses inouïes, soulevant une extrémité du bâtonnet bariolé avec le bout de l'index, saisissant dans un éclair ma proie de l'autre main, et jetant aussitôt vers elle un regard de triomphe, son visage était tourné vers la fenêtre. Elle disait « bravo » d'une voix neutre, mollement accentuée. Ma joie tombait-elle alors ? Peut-être y avait-il plusieurs réalités qui se croisaient sans s'altérer. Ma joie suivait son cours, mais j'y ajoutais l'ennui de ma mère, et quelque chose d'un peu plus vague aussi : une tristesse, plutôt agréable, dans le silence surchauffé de l'appartement. On entendait seulement les éclats de voix des Lefebvre, nos voisins de palier. Nos rapports avec les Lefebvre étaient marqués par une certaine hypocrisie : rencontres dans l'escalier empreintes d'une énergique convivialité, saluts enjoués, questions posées sur un ton cordial et familier, Mais dès la porte refermée, mes parents parlaient à voix basse de cette lointaine créature qui tenait M. Lefebvre sous son emprise. Tout le monde était au courant, et surtout la concierge, Mme Boulard. Ce petit théâtre n'était pas sans importance : les couples unis dans l'escalier se lézardaient quand les portes se fermaient. Le soir, Mme Lefebvre posait des questions lancinantes qui traversaient la cloison. Le ton montait, les réponses ne venaient pas.

J'aimais jouer au mikado, au menteur, à la bataille. Mais je préférais qu'elle me lise un livre. D'abord, cela se passait dans ma chambre. Tout y était plus grand, plus calme de sa présence à mes côtés. Elle dégageait mon lit du cosy-corner, juste assez pour que je puisse me glisser dans les draps. Je m'installais au fond, près du meuble où étaient disposées, à côté d'une lampe de chevet, ma Talbot-Lago bleue, une Trianon vert émeraude et crème, parfois une Dauphine. Cosy-corner : le mot épousait les formes tarabiscotées de ce meuble à la fois futile et pratique. Dans les alvéoles, les bouquins d'enfance de mon père. Quelques volumes de la collection Nelson, mais surtout ceux de la Bibliothèque verte, d'un vert pâli de pois cassé, rehaussé de galons d'or. À part *Le Conscrit de 1813*, je resterais hostile à leur contenu, et notamment à la série des Jules Verne, dont les précisions scientifiques m'assommeraient toujours.

Elle s'asseyait sur le lit près de moi, le dos appuyé contre le cosy. Le meuble, dont le bois sombre m'inquiétait parfois dans la solitude, me paraissait tout à coup conçu aux mesures de mes pensées, de mon corps englouti sous les couvertures. Elle lisait les aventures de Tap-Tap et Bilili, ou bien des contes tirés d'un livre illustré d'aquarelles drapant les personnages dans des vêtements mauves et bleus qui se confondaient avec le ciel, et donnaient le vertige. Elle mettait le ton, lisait très lentement. Je m'embarquais. Il y avait d'abord l'histoire, puis sa voix seule poursuivait. Voyages sur les vagues longues de sa voix, quand elle mettait encore le ton, quand je n'écoutais plus le sens des phrases, quand elle menait le soir sur un bateau caréné tout autour de moi, dans l'envers liquide de ses mots. Je ne pensais plus à lui, qui rentrerait à pas de loup au milieu de la nuit. Je ne pensais même plus à elle, qui nous aurait quittés bien avant mon réveil. Une fièvre sage montait dans l'océan-silence de la chambre. Il fallait se noyer vite et tout garder.

Il y avait parfois de merveilleux dimanches, où les rites de chemise blanche se prolongeaient d'une joie claire et ronde étendue sur le jour. Ces dimanches-là étaient ceux qu'on passait chez Mémé Arlette et Pépé Pierrot de Courbevoie. J'avais beau sentir ce que ces mots pouvaient avoir de puéril, je les percevais autrement. Mémé. Pépé. C'était une affection douce et qui sentait la banlieue. De même que lorsque je disais « Mamie » pour ma grand-mère de Kintzheim, je retrouvais aussitôt le goût de sa solitude et l'odeur de ses prunes, « Mémé », « Pépé » faisaient surgir ces dimanches blottis dans leur protection tutélaire.

Courbevoie. On y allait par le train, de Saint-Lazare : Pont-Cardinet, Clichy, Asnières, Bécon-les-Bruyères, Courbevoie. Là commençait un monde aux couleurs d'après-guerre. Une banlieue triste et vivante avec toutes ces communes enchevêtrées : Bois-Colombes, Colombes, Courbevoie... D'un trottoir à l'autre, on passait des frontières.

Tout près de la voie ferrée, après la passerelle, une longue descente, et l'on arrivait chez eux. Une grille immense ; une portée de rails glissait dessous, vers une cour. C'était là, le long du mur d'enceinte, juste en face de l'entrepôt, la loge de mes grands-parents.

Autrefois, Pépé Pierrot avait travaillé à SKF, et fabriqué des roulements à billes. Maintenant à la retraite, tous deux étaient gardiens de l'entrepôt de vins et spiritueux. Cette courbe des rails devant la maison, c'était comme une blessure. On pouvait vivre au milieu des trains et de l'acier, partir un filet à la main faire des courses en traversant ce réseau menaçant, se faufiler entre les tampons des wagons sourds, immobiles et compacts. Car on venait chez Mémé Arlette et Pépé Pierrot le dimanche. La longue grille restait fermée — on voyait pourtant bien qu'elle ouvrait sur un monstrueux fleuve de rails, de pylônes, de caténaires.

Les hurlements de freins qui agacent les dents, la lenteur implacable des trains s'ébranlant devant le petit perron n'existaient que dans mon imagination, mais leur danse y était infernale, et je la superposais malgré moi à ce silence étrange de la cour où l'on me laissait errer en liberté, comme s'il n'y avait pas eu de danger.

La loge exhalait une odeur de poulet rôti-frites,

une odeur de dimanche en banlieue, de dimanche sans messe — on m'en dispensait sans difficulté, et ce n'était même pas un péché —, l'odeur d'un dimanche qui n'aurait plus eu besoin d'encens ni d'harmonium, mais seulement de ce parfum de poulet à la broche et des couleurs de la cravate de Pépé Pierrot : une cravate à rayures rouges et bleues, très britannique et prestigieuse ; c'était un rameur anglais qui l'avait donnée à Pépé, à l'époque où ce dernier était un dirigeant de l'Étoile sportive de la Basse-Seine. Quelques marches au-dessus de la cour ; un tout petit couloir ; à gauche la cuisine, à droite la salle à manger. On passait de l'une à l'autre en discutant, dans un tourbillon de nouvelles :

— Au fait, tu as vu ? Il paraît que Kopa irait au Real de Madrid ?

— Mais si, tu sais bien, c'est le fils des Letailleur, ceux qui tenaient la boulangerie à Bécon...

On croquait un radis en passant. La cuisine était pleine de buée. Par la fenêtre, on apercevait des dizaines de rails, au-delà de la petite rue. Sur un tabouret, une pile de *France-Dimanche*. « LE SUICIDE DE SORAYA — POURQUOI SON AMOUR ÉTAIT IMPOSSIBLE »... Je n'aimais pas penser que Mémé s'intéressait à ces histoires d'amour dont mes parents se moquaient d'une manière trop appuyée.

Mais c'était Courbevoie. Soraya ne savait pas que son destin sentait la banlieue, le poulet-frites, ni que ses déboires sentimentaux aidaient à supporter les rails à l'infini.

Dans la salle à manger, quelques objets faisaient le climat. Un vieux calendrier avec une photo d'Alsacienne en coiffe — la photo devait beaucoup plaire à Mémé, car le calendrier resterait des années posé sur le buffet. Une poupée niçoise avec un petit chapeau de paille orné d'un ruban noir. Au mur, une tapisserie beige, vert pâle et rose terne : un enfant jouait du piano, assis jambes pendantes sur une longue banquette. Des adultes l'entouraient en extase devant son talent. Tous les personnages portaient perruque poudrée, même l'enfant. C'était Mozart : son talent légendaire m'irritait un peu, mais il y avait des revanches. Moi, j'étais chez Pépé Pierrot et Mémé Arlette ; au repas, il y aurait du poulet-frites ; au dessert, j'aurais le droit d'aller traîner au hasard de l'entrepôt ; l'après-midi, s'il ne pleuvait pas, nous jouerions à la pétanque devant le perron.

Parfois, on me laissait même faire quelques pas dans la rue — le quartier était tranquille. Je n'allais pas bien loin. Cent mètres à peine, le long du trottoir, et je me collais contre la grille de l'usine Vélosolex. Je m'arrêtais fasciné. Dans la cour, une machinerie fantastique avait été installée. Attaché à un bras métallique, un Solex tournait sur un rail circulaire, moins pour les piétons de la rue que pour les passagers des trains qui ne pouvaient manquer de l'apercevoir. J'avais rendez-vous avec cet oiseau noir, hiératique. Autour de moi, toute la ville prenait dans ce mouvement circulaire une ampleur de silence et presque de mélancolie. En ce début d'après-midi, rien ne bougeait dans les cours d'usine alentour. Il n'y avait que de l'acier, des murs, des promesses de bruit et de fumée suspendues par la douceur du mot « dimanche ». Rien que cela et l'idée du Solex, marquant son territoire absurde dans l'absence de désir. Un train passait très loin.

Quand je revenais vers l'entrepôt, un petit bruit métallique me faisait battre le cœur. Les hommes avaient sorti les boules, et s'entraînaient à faire des « carreaux » en m'attendant. Car ma présence était nécessaire, celle de ma mère aussi, pour constituer deux équipes. Maman voulait terminer la vaisselle — Mémé Arlette finissait par la convaincre de nous rejoindre. Mon père retournait les manches de sa chemise, et s'il faisait assez chaud, Pépé Pierrot quittait la sienne, révélant en maillot de corps immaculé sa stature de rameur. La partie commençait entre les marches et les rails, où le cochonnet tombait quelquefois. Mais le plaisir n'était parfait que lorsque Mémé, hélée à plusieurs reprises à travers la fenêtre ouverte, finissait par nous rejoindre et s'asseyait sur le banc pour admirer mes prouesses.

— C'est qu'il est pas malhabile, ce p'tit-là! lançait-elle au moindre de mes coups.

Participer à ce jeu de grands sous les yeux d'une telle spectatrice! Après quelques parties, ma mère nous abandonnait, et nous jouions en « individuelle ». D'abord ravi d'avoir deux admiratrices, je sentais bien que leur attention pour mes exploits se délitait peu à peu. En tendant l'oreille, j'entendais des réflexions graves sur la conduite de la vie, l'avenir artistique de mon père. Mémé Arlette s'était laissé faire, mais elle ne s'était jamais habituée; elle réservait à Maman des commentaires résignés, d'une voix dont la discrétion même annonçait le sujet.

— Alors, les femmes, c'est pas bientôt fini, vos messes basses? interrogeait Pépé Pierrot pour dissiper un scénario de dispute possible.

Mais personne ne voulait se disputer, je crois. Le monde était arrêté, pourquoi se plaindre de son cours? Je savais déjà que nous nous ferions prier pour partager les restes. Je savais déjà que nous nous laisserions faire, et qu'il n'y avait rien de meilleur qu'un peu de poulet froid à la moutarde sur la table de la cuisine, près des malheurs de Soraya. Mémé Arlette et Pépé Pierrot nous raccompagneraient jusqu'à la gare. Ils nous salueraient longtemps le long du quai. Si ce n'était pas le bonheur, c'était sa banlieue.

Les choses me revenaient doucement, contrastées, dans le silence. Ma mémoire recomposait ses photos. J'aimais le Doisneau du square Carpeaux, celui de Courbevoie. Je revoyais les scènes, au fil de mes flâneries sur les trottoirs de Paris. De plus en plus souvent, je les dessinais, les approchais avec des mots, sur des feuilles dispersées qui constellaient mon bureau de la rue des Moines. J'allais d'une atmosphère à l'autre, je retouchais la précision d'une scène, le balancement d'un adjectif.

Je ne voulais surtout pas aller trop vite, pour tout saisir dans le détail. Je n'osais pas encore ouvrir l'album. Pas plus qu'obéir à cette publicité découverte dans un journal : « Transformez vos vieux films super-8 en vidéocassettes. » Le film se déroulait en moi. C'était un peu comme lorsqu'on chantonne au cours d'une journée. On se lave les mains, quelques mots viennent sur les lèvres, puis on fait autre chose. La chanson disparaît, mais elle reviendra, et on ne la reprendra pas là où l'on croyait l'avoir arrêtée. A-t-elle cheminé tout le jour dans la tête ?

C'était étrange, ces choses en rumeur au fond de moi. Il y avait eu d'abord des pages qui n'allaient nulle part. Mais j'avais pressenti que toute cette vacance était un faux vide, qu'une réalité plus forte que le réel allait émerger, que je pourrais presque toucher. Déjà cette autre vie montait en moi comme une certitude. J'avais osé parler à mon père d'un travail d'écriture qui l'effrayait moins que le souvenir.

Un jour, dans une petite librairie de la rue Lamarck, je me surpris à justifier bien trop précisément la gloutonnerie avec laquelle je m'étais emparé de tous les livres et documents concernant Robert Doisneau — jusqu'à un bloc de papier à lettres à l'effigie du *Baiser de l'Hôtel de Ville*. Apparemment ravi de ces confidences, le libraire fit rebondir le jeu :

— Connaissez-vous les photos de X... ? Il habite dans le coin. C'est un ami de Doisneau, un disciple, si vous voulez. Je suis sûr qu'il pourrait vous mettre en rapport avec lui.

« Me mettre en rapport »... J'étais resté court, un peu balbutiant. Mon interlocuteur insistait gentiment. Sa boutique m'avait mis en confiance, mais pourquoi m'être livré à ce point ? D'ailleurs, j'avais dû être bien confus, car par la suite, le libraire m'avait parlé de mon projet comme d'un essai sur Doisneau. Je ne voulais faire un livre ni sur lui ni avec lui — mais sur moi, sur cette part de moi que Doisneau m'avait dérobée en douce.

Me mettre en rapport? J'avais dit « oui, oui », avec cet enthousiasme réticent qui joue dans les dialogues le rôle d'une négation évasive, surtout quand il est hypocritement suivi d'un : « Je me permettrai de vous demander ses coordonnées. »

À l'instant où je prononçai lâchement cette phrase, je regardais tout autre chose. Tous ces objets, albums, photos, gadgets, perdaient la chaleur que je leur avais prêtée d'emblée, attiré par un présentoir de cartes. Ilse Bing, Ronis, Doisneau, Boubat. Toujours. Un gamin porteur de baguettes, un matin de neige, un coin de bistrot m'avaient donné le sentiment d'une intimité familière, prolongée bientôt par les bandes dessinées et les albums, sur une longue table. Peu à peu ce climat devenait une tendance, une attitude esthétique.

À côté de rééditions luxueuses de Tintin, de Blake et Mortimer, des créations récentes, souvent sophistiquées : intérieurs, voitures, imperméables et robes très 1950, dans un registre britannique ou parisien. Visiblement, la restitution de l'époque constituait le sujet de ces albums — les personnages n'en étaient que le décor, et l'action le prétexte. Je feuilletais des recueils de photos, dont les commentaires jouaient sur les modes confondus de la nostalgie et d'une sociologie dissertante. Je n'aimais pas du tout qu'on intellectualise le petit-beurre de mes goûters. Le Solex, c'était Courbevoie, la cour de l'usine, près de chez Mémé Arlette et Pépé Pierrot, et il devenait l'archétype d'une attitude guillerette, d'un vagabondage suranné. Dans toute la boutique, les Marilyn, James Dean, Doisneau, les badges et statuettes issus de bandes dessinées semblaient parler le même langage — cette convergence et son exploitation commerciale finissaient par me mettre mal à l'aise.

L'homme Doisneau, je l'avais entendu parler à la radio, simple, vivant et chaud. De ces qualités si peu mythiques l'époque avait fait un mythe, et devant ses photos, chacun affichait ce sourire ému, cette nostalgie conformiste qui m'exaspéraient.

Mes semaines avaient perdu leur mouvement, la démarcation des jours ouvrables et des week-ends, des trajets, des réveils à heure fixe, toutes ces sensations que l'on ressent comme des contraintes mais qui rassurent au fond. Pendant deux mois, je n'avais revu personne, ni écouté mon répondeur téléphonique — comme si mon désir d'écrire s'était substitué au besoin de parler.

Un jour mouillé, gris, de novembre, je me retrouvai arpentant la rue Truffaut. Besoin de prendre l'air, après un passage sur les sucettes au lait Pierrot Gourmand. Les pages s'amoncelaient, désormais, et les sujets semblaient naître l'un de l'autre, sans idée préconçue, avec ce mélange de plaisir et de souffrance dont l'intensité justifiait tout, remplaçait tout. C'est seulement à un silence particulier, à une espèce d'ennui sommeilleux presque palpable que je réalisai tout à coup : bien sûr, c'était dimanche.

Mes dimanches n'existaient plus, et c'était bien

ainsi. Il me fallait ce décalage pour retrouver vraiment les dimanches du Luxembourg, ceux de Courbevoie. Je croisai des familles qui revenaient de promenade avec cette somnolence qui ne me concernait plus. Rue des Moines, j'achetai une baguette dans l'atmosphère chaleureuse et résignée d'une boulangerie ouverte. Près du comptoir, un présentoir de sucettes piquées dans un bloc de plastique — rien à voir avec cette boîte allongée de sucettes au lait que m'offraient parfois nos cousins de Strasbourg, quand ils passaient le dimanche chez nous. J'attendais ma monnaie, pressé de retrouver mon bureau, de replonger. Le goût caramélisé me revenait aux lèvres, infiniment plus proche que celui des sucettes aux fruits. Je repensais à Jacques et Sylvie sans nostalgie — la vie nous avait séparés, je ne savais même pas ce qu'ils étaient devenus. Seule comptait la vérité de ce passé qui remontait, de ce passé presque à toucher si mes mots retrouvaient les saveurs exactes, les formes et les couleurs précises des voitures miniatures qui les remplaçaient souvent.

Jacques et Sylvie étaient des cousins éloignés, mais leur exil parisien nous les rendait plus proches. Tous deux étudiaient aux Beaux-Arts, et leur façon d'être me semblait un alcool fort. Lui avait les cheveux longs, la barbe prophétique, une

Vespa vert pâle sur laquelle il m'emmenait faire le tour du quartier. Elle me troublait un peu, avec ses cheveux blonds et fous, sa silhouette mince. Quand elle ne me donnait pas dès son arrivée un paquet de sucettes, je savais qu'elle allait me tendre son sac de cuir souple, en me disant : « Fouille, François ! »

C'était un rite ; une voiture miniature m'attendait. Dinky Toys ou Norev ? Apparemment les mêmes modèles, réduits au 1/43. Pourtant ces deux planètes ne gravitaient pas dans la même galaxie.

Les Dinky Toys, dans leur boîte de carton jaune — un dessin reproduisait le modèle sur l'une des faces —, étaient un plaisir compact, gravement soupesé dans la main qui découvrait, au fond du sac, le volume espéré. L'étui à peine ouvert, la voiture métallique roulait, entraînée par son poids, et glissait dans l'autre main qui prévoyait sa chute. Les Dinky Toys ne devaient pas tomber sur le sol, sous peine de perdre un éclat de peinture, et d'afficher une blessure grise. Car tout dans les Dinky Toys était métal, acier, authenticité pesante, jusqu'au moyeu des roues. D'une friction du pouce, on pouvait les propulser très droit — la voiture gardait docilement son rail sur les lames du plancher. J'avais une 2 CV, une 403, un camion-remorque avec une petite ficelle noire, un treuil et un bleu France, avec ses gros pneus noirs crénelés, l'arrière en pointe, le petit bouchon-essence juste dans le dos du conducteur. Des aspérités tout au long de la coque ; à l'avant, une plaque grise arrondie en guise de calandre ; je ne savais pas à quoi tout cela correspondait... La mécanique m'ennuyait déjà. Mais le chauffeur me fascinait. Il émergeait largement de la carrosserie : combinaison blanche, casque blanc, des lunettes argentées, pas de regard. Il me faisait peur. À cause de lui, la Talbot resterait la seule de mes voitures que je ne pourrais imaginer conduire. J'aurais bien aimé gagner un grand prix pour la France avec la Talbot. Mais non. Cette voiture avait déjà son maître, trop indiscipliné pour participer au championnat du monde. Il roulait dans un autre espace-temps, sur une route sauvage — peut-être vers la mort.

Toutes les Dinky Toys avaient ce pouvoir d'évoquer la colère mécanique, la densité métallique multipliée par la vitesse — sous leur peinture brillante, c'étaient des jouets violents et froids.

Au fond du sac de Sylvie, un plaisir d'une tout autre essence m'attendait quand ma main sentait la structure légère d'une Norev. Avant même le poids de la voiture, c'était la texture de l'emballage qui m'annonçait ce monde différent. Un écrin plastique transparent : déjà l'élégance, déjà l'esthétique et l'immobilité. Pour les Dinky Toys, le fer, pour les Norev, la matière plastique. Ces deux tendances poussées à l'extrême s'appliquaient souvent aux mêmes modèles, à des formes rigoureusement similaires, mais il me semblait avoir toujours possédé des Dinky Toys très Dinky Toys — l'Aronde, la Talbot, la 403 — et des Norev tout à fait Norev — la Dauphine, la Dyna-Panhard, la Trianon. La Dauphine était l'archétype de cette norevisation — une coque vert pâle, avec, incroyable raffinement, une antenne de radio transparente — dont la rigidité ne résisterait pas à quelques mâchouillements incontrôlés — et un moteur dont je pressentais la hargne, la nervosité. Le tout était coquet et instable, recherché et légèrement acide.

Les Dinky Toys restaient viriles et mastoc, aveugles et rapides. Les Norev — un nom ailé — se laissaient admirer, roulaient du bout des doigts, faisaient semblant de se laisser prendre, préservées par leur fragilité.

Si mes cinq ans se souvenaient de ces races opposées, mes dix ans connaîtraient des Norev et des Dinky Toys armées des mêmes suspensions, des mêmes vitres plastifiées. Une troisième marque surgirait, triomphant de cette lâche abdication des vertus premières. Aussi métalliques que les Dinky Toys, aussi sophistiquées que les Norev, les Solido s'imposeraient à coups de Mercedes, de Vanwall et de Ferrari. Mais après les années demeureraient l'attente, la main plongée au fond du sac : Dinky Toys ou Norev ? Les voitures avaient un sexe, et le plaisir un nom.

À regarder trente ans plus tard les photos de Ronis, de Doisneau, je retrouvais cette sensation étriquée, frileuse, que j'avais attribuée à mes tristesses, à mes appréhensions — ce n'était pas qu'à moi, cette crispation grise. Je la voyais sourdre des pavés, des rues presque désertes longées de palissades. Même les voitures ne stationnaient pas avec désinvolture. Une fierté modeste nimbait leurs formes arrondies. Une notion de propriété précautionneuse, presque apeurée, les habillait. Faire des économies. Ne pas trop dépenser. Attendre. Il me semblait soudain que toute l'époque tenait dans cette idée de rétention, de sagesse épargnante. Bien sûr, la vie était plus difficile, comme on dit. Il y avait l'angoisse de « joindre les deux bouts » et la douleur de « se saigner aux quatre veines ». Mais, au-delà, c'est la vie même que l'on semblait épargner. Les soirs d'été se dégustaient sur les trottoirs à petites lampées. On n'allait pas au bout de son plaisir, et c'eût été un peu honteux de l'épuiser. À dix heures on rentrait se coucher.

Et moi... Je me gardais. J'économisais tout l'ennui, les rêves, l'avenir. Je m'attendais. Sans doute est-ce le propre de l'enfance. Mais mon épargne se distillait au cœur d'un monde d'épargnants. Il ne fallait pas se montrer, pas se livrer, il ne fallait pas vivre, en somme. Ce programme s'accordait si bien à mes silences, à mes lenteurs. La vie ce serait pour plus tard, pour ailleurs, mais c'était bon, la vie d'avant la vie.

Je lisais les aventures de Teddy, si différent de moi avec ses yeux clairs, son aisance physique, sa chemise blanche aux manches retroussées. Je devenais un enfant prodige, un aventurier de dix ans. J'avais de fidèles amis en Inde, un cornac et son éléphant. Je déjouais des trafics de contrebande. Mais personne ne le savait autour de moi, et c'était bien ainsi — on me laissait tranquille. On exigeait de moi que je sois là physiquement, au nom des usages, d'une politesse d'autant plus importante pour mes parents qu'elle semblait vaguement au-dessus de notre condition, nous faisait franchir une marche précieuse sur l'escalier de la réussite, du progrès social.

Il y avait le dimanche des invitations amidonnées, d'une généreuse avarice. Mlle Bouchonnet, l'ancienne institutrice de mon père, venait prendre le dessert avec nous. Après le repas de midi, expédié à 13 h 30, il restait une plage de temps stupide et molle — Mlle Bouchonnet n'était attendue que pour 15 heures, au plus tôt. Pourquoi ne pas l'inviter à déjeuner ? Mais non. Un code mystérieux, à la fois chiche et contraignant, *exigeait* que ce genre d'après-midi refuse le soleil d'avril et se déguste assis du bout des fesses sur des chaises gourmées, une petite fourchette à la main, en morcelant avec difficulté un gâteau de caractère indifférent, puisque notre invitée le trouvait « léger, et pas sec ».

Mon père vouait à Mlle Bouchonnet une gratitude infinie. C'est elle qui avait décelé en lui un talent dramatique. Au CM2, elle lui avait fait jouer une scène de *L'Avare*, et dans le « Montremoi tes mains » de La Flèche, il s'était montré éblouissant — du moins Mlle Bouchonnet en conservait-elle un souvenir ébloui. Plus tard, quand il avait pris des cours d'art dramatique, elle lui avait prêté toute une pile de Larousse mauve et blanc cassé.

La présence de Mlle Bouchonnet était donc liée à la réussite théâtrale de mon père. À l'époque où il vivait plus ou moins de son art, où il pouvait encore décemment afficher des projets faramineux, la vieille institutrice était souvent conviée à la maison. Les visites s'espacèrent plus tard, avec le déclin des ambitions dramatiques. Devant Mlle Bouchonnet, mon père jouait plusieurs rôles : l'élève reconnaissant, le mari attentionné, l'amuseur de vieilles dames, et celui qui m'exaspérait le plus : l'ancien garçon dissolu devenu père exigeant. Au moindre coude sur la table, à la moindre miette échappée, j'avais droit à des remontrances doucereuses, proférées sur un ton d'encouragement patient et désolé. Mais je n'écoutais pas. Je n'entendais pas. Je n'étais pas dans mon corps. Quelques gouttes d'Asti Spumante concédées au prix de sourires entendus nébulisaient le décor oriental des nouvelles aventures de Teddy.

Même les jours sans invités, une certaine rigidité, un sentiment de contrainte planaient dans l'appartement. Un meuble symbolisait à mes yeux cette sensation diffuse : le piano. Je prenais des leçons. En avais-je envie ? Je n'aurais su l'affirmer. Tout se passait dans un assentiment timide, une connivence approximative où les volontés s'exerçaient sans éclat, où les enthousiasmes et les répulsions se répondaient dans le même murmure indistinct. Je prenais des leçons de piano parce qu'il ne pouvait en être autrement.

Le Rameau droit — une occasion en or dénichée par mon père dans un music-hall — avait trouvé place au cœur de la salle à manger, contre le mur, entre la table glacée ronde, et le caoutchouc en pot. Ils avaient parlé longtemps de cet achat. À Kintzheim, ma mère avait fait trois ans de piano avec le chef de la chorale. Elle devait s'y remettre. De fait, les premiers temps, elle feuilleta d'anciennes partitions rapportées d'Alsace, tenta de jouer *Le Tambourin, La Valse favorite* et un rondo de Schumann. Ces tentatives ramenaient sur son visage penché un sourire suave et las sans grand rapport avec la musique produite. Elle jouait trop vite, et faisait toujours les mêmes fautes aux mêmes passages. Son sourire était destiné je crois au temps passé, au souvenir des jours où elle étudiait la musique, peut-être à quelque vague aventure sentimentale : ce Pascal chef de chorale dont elle s'enquérait chaque fois que nous allions à Kintzheim avait paraît-il un charme fou. Mais elle ne voulait plus travailler vraiment, ni prendre des cours. La responsabilité du piano allait glisser bientôt sur mes seules épaules.

C'était un meuble encombrant. Le piano représentait un type d'ascension sociale discret et raffiné. Il définissait à la fois l'atmosphère d'une salle à manger et un principe d'éducation d'autant plus exigeant qu'il prétendait épouser des pulsions artistiques. Avoir un piano muet eût été à l'évidence une mélancolique catastrophe. Pénétré de ce sentiment, j'accueillis la perspective d'apprentissage comme un devoir qu'il fallait travestir en appétit raisonnable. Je n'avais pas besoin de me forcer. Je pensais comme eux, ou plutôt avec eux. Je ne me détachais pas du code social que nous subissions tous les trois — l'idée qu'il pût s'agir d'un choix ne m'effleurait pas.

Mme Zenkine m'accueillit rue Saint-Vincent, dans un appartement qui me parut d'un luxe inouï. Tapis, pendeloques, dorures, commodes marquetées, canapés engonçants. Un parfum digne de Schéhérazade flottait sur cet océan d'opulence. Mme Zenkine était rousse, élégante, sans doute un peu voyante. Elle me séduisait par sa bonne humeur, sa familiarité surprenante dans un tel décor.

Assis près d'elle devant le clavier, je sentais s'insinuer au fil des leçons un trouble oriental.

Cette sensualité ne fut pas étrangère à mes efforts. Car dans un premier temps je fus un bon élève. À la maison, je jouais mes petites valses, mes petits scherzos, devant des invités qui buvaient leur café dans un demi-silence horripilant d'ostentation. Mlle Bouchonnet s'enthousiasmait, mon père se rengorgeait, je devais sourire avec une modestie un peu niaise. Tout sonnait faux dans la partition. Je jouais médiocrement une musique qui ne me plaisait guère à des gens que cela n'intéressait pas. Bientôt, la poussière s'installa. J'avais horreur de l'écharpe soyeuse et molletonnée, ourlée de velours fuchsia, qui protégeait les touches. Je détestais la raideur hautaine du Rameau, avec ses deux chandeliers seigneuriaux, son porte-partitions trop étroit d'où les *Classiques favoris* finissaient toujours par chuter.

— Tu as fait ton piano ?

La question reviendrait souvent, mollement suivie d'un lâche acquiescement. Le piano deviendrait remords permanent. Les leçons coûtaient cher. Elles ne servaient à rien. Mais l'arrêt des leçons eût signifié la mort du piano, la capitulation. Alors, nous transigions. Je continuais à jouer sans flamme, ils n'insistaient pas trop. Devant les grands-parents ou les amis, je pouvais produire décemment quelques morceaux faciles et spectaculaires, un *Moment musical*, ou *Le Gai Laboureur*

Les pianos refermés sont tristes. Mais tristes aussi les pianos réticents, la musique lourde des petites bourgeoisies qui perdent leur élan. Le piano faisait semblant de jouer. Ils faisaient semblant de vivre ensemble.

Il avait neigé ce jour-là, comme pour me rappeler qu'une saison entière s'était écoulée depuis le début du chômage. Les Batignolles étaient restés déserts en ce matin d'école. Je m'étais promené longtemps. Peut-être à cause du tragique des branches noires, ou du sommeil lumineux montant du sol, je m'étais proposé une ligne inflexible : ne rien commencer, ne rien vivre tant que... J'étais rentré chez moi, et tout l'après-midi j'avais écrit, levant les yeux de temps à autre vers cette mouillure douceâtre qui dilue tristement les matins de neige.

Ils arrivèrent comme une déferlante, éclaboussant ma solitude de rires et de gestes un peu fous. Dans leurs phrases entrecoupées, une expression revenait : passer le cap. Passer le cap ! Avais-je vraiment oublié, ou fait semblant ? C'était bien le jour de mes quarante ans. Ils s'étaient tous donné le mot, Isabelle et Alain, mes vieux copains de fac, Éric, mon collègue au temps le plus glorieux de la librairie Minard, Clélia, mon ancienne compagne, qui vivait maintenant avec Stéphane. Ému par cette tendre stratégie qui s'était tramée entre eux sans doute à coups de téléphone et d'inquiétude à mon sujet, je n'eus pas le temps de me sentir honteux, de jouer le rôle du malade à qui l'on vient changer les idées. Malgré la préméditation, il n'y avait rien de factice. Ils investirent les lieux, déployant des guirlandes aux quatre coins de l'appartement, allumant des chandeliers, m'interrogeant pour la forme avant de disposer à leur gré du réfrigérateur, des ustensiles de cuisine.

Depuis près de trois mois, je ne leur avais plus donné signe de vie. C'était bon de les voir à nouveau glisser avec aisance dans les pièces qu'ils connaissaient si bien. Mais à la joie, à l'émotion réelle de les retrouver, se mêlait en contrepoint une sorte de détachement dont je n'étais pas maître. En fait, ils ne m'avaient pas vraiment manqué. Sur les bulles du champagne qui se mit à couler bientôt, ils me revenaient comme une autre vie, agréable, passagère, si lointaine déjà.

— On peut mettre de la musique ?

Stéphane fouillait dans mes disques compacts, et il avait raison. Après l'élan de la surprise, l'excitation des préparatifs, les premières phrases raisonnables avaient du mal à venir. Il valait mieux danser comme nous savions le faire, sans s'occuper des figures et des pas, au grand dam d'Isabelle qui avait toujours tenté en vain de mettre un peu d'ordre dans nos déhanchements baroques ou nos parodies de langueur. J'avais ma réputation d'ours et j'y tenais. Ce fut un grand plaisir de renouer ainsi avec des cadences oubliées, des gestes plus faciles que les mots, une frénésie courtoise, née seulement de la confiance et de l'amitié.

Mes meilleurs amis. Je les regardais une coupe à la main, après avoir abandonné le cercle de la danse avec cet essoufflement un peu forcé qui tient lieu d'excuse, lorsque l'envie s'amenuise. Leur présence ce soir-là authentifiait ce que je savais d'eux. Ils tenaient à moi. Je flottais en eux à des degrés divers d'intensité, de permanence.

Était-ce un peu d'ivresse, après une si longue solitude ? Je me sentais comme un convalescent qui n'a pas envie de guérir. Ce qu'ils jouaient était très beau, très doux, mais je n'arrivais pas à y croire tout à fait. Ce présent me semblait moins réel que les *Mickey*, les Dinky Toys, ou le Solex de Courbevoie. Nul besoin de quête ; il pouvait resurgir à la moindre occasion, transparent et léger comme la fête.

Le dîner fut grandiose. Foie gras préparé par la mère d'Alain, paysanne dans le Gers, pintade au chou concoctée par Clélia. Au dessert, les quarante bougies illuminèrent la charlotte au chocolat, spécialité d'Éric, qui pratiquait la recette par fidélité à sa grand-mère, avec un réel talent pour la mousse et la crème anglaise. La conversation courait, effervescente, sur les sujets les plus divers. Les allusions à l'actualité politique ou sociale m'éloignaient à chaque fois du débat — comment avais-je pu me couper du monde à ce point ? Mais j'avais fait bonne figure en questionnant chacun sur le cours de sa vie, en m'extasiant sur le repas. Au moment d'ouvrir les cadeaux, tout devint plus solennel, comme si l'on atteignait le cœur de la soirée. Éric me fixa avec inquiétude, tandis que je déballais un choix de livres de Christian Bobin :

— J'avais peur que tu les aies déjà.

Isabelle et Alain avaient fait plus classique, avec une robe de chambre à carreaux très british et une pipe dans la poche :

— Puisque tu as décidé d'hiberner, il paraît...

Quant à Clélia, elle me prévint d'emblée :

— François, si tu n'avais pas été aussi maniaque avec ton *Messager*, c'est une vidéocassette que je t'aurais achetée. Ils viennent de sortir une série « Votre année de naissance ». Mais avec toi...

J'ouvris : Doisneau-Cavanna, *Les Doigts pleins d'encre*. Je ne pus m'empêcher de sourire :

— Tu es tombée encore plus près, je crois.

Chacun d'eux se mit à lancer alors un regard périphérique sur cette pièce qu'ils avaient investie sans trop prendre garde aux éléments nouveaux qui la jonchaient — les jouets, les journaux, les photos, les albums, et jusqu'aux pages manuscrites. On ne sait jamais où s'arrête la pudeur, ou commence l'indifférence. Sans doute, en accrochant les guirlandes, avaient-ils songé qu'il n'était pas encore temps de m'interroger sur tout cela qui semblait avoir pris tant de place.

Devant eux, ce fut beaucoup plus difficile que devant mon père. Clélia, Stéphane, Éric savaient tout du lien qui m'attachait au *Baiser*. Ces photos, ces objets étaient aussi ceux de leur propre enfance. Ils s'étonnèrent : les derniers temps, je ne croyais plus guère au mythe de ma photo fétiche. Pourquoi me plonger ainsi dans la mode qui l'entourait ? Mais l'idée d'un livre parut les rassurer. Plus encore celle d'une forme encore indéfinie qui ne serait pas celle du roman. Pour la deuxième fois, je constatai cet étonnant pouvoir de la simple formule : « J'écris un livre. » C'était un peu comme si j'avais dit : « Je construis ma maison. » Un manuscrit terminé n'eût pas eu le même pouvoir pacifiant, la même force. Il eût fallu le lire, parler de sa publication éventuelle. Un livre terminé est un objet futile — mais un projet de livre vaut tous les respects.

Comme moi, les intéressait surtout la matière même de ces heures, de ces photos où nos enfances avaient tenu.

— Ah! formidable! lança Stéphane en s'emparant de Condorcet. Une figurine Mokarex!

— Moi, fit Éric, j'avais les fantassins d'Empire gris, très minces. Je n'ai pas connu ceux de la Révolution.

Bientôt, chacun d'eux se lança sur les pistes que leur proposaient mes vestiges. Il y eut dans un premier temps l'évocation de souvenirs écoutés avec des hochements de tête approbateurs. Mais peu à peu, l'attention se dispersa. Nous commençâmes à nous couper la parole avec une véhémence assez étonnante. C'est en s'opposant aux images des autres que la mémoire de chacun prenait son élan, comme s'il était vital de diverger pour se souvenir. Oui, les Carambar à cinq francs, mais je préférais les Frai-Suc gagnants. Oui, les Dinky Toys et les Norev, mais je jouais surtout au Meccano, j'avais même réalisé une tour Eiffel. Oui, le *Théâtre pour la jeunesse* de Claude Santelli, mais je regardais seulement *Ivanhoé* le samedi, quand j'allais chez ma grand-mère. Oui, *Quitte ou double*, mais chez moi on écoutait *La Famille Duraton*.

Cet univers, j'avais mis tant de temps à le réveiller que je me lançai avec fougue dans la joute — je ne pouvais supporter d'entendre affirmer la supériorité du *Crabe aux pinces d'or* quand j'avais toujours élu *Le Lotus bleu*.

Peu à peu, étourdi par cette convivialité tapageuse, je me détachai malgré moi de la discussion et la contemplai en spectateur. Isabelle s'opposait à Alain, Stéphane à Clélia, Éric à tout le monde. À l'évidence, aucun d'eux n'avait abordé ce sujet dans l'intimité. Ils n'en débattaient pas avec la violence abstraite qui nous gagnait parfois à propos de cinéma ou de politique. Plus que de l'obstination, c'était une sorte de ferveur qui les poussait à hausser le ton, à ne pas lâcher cette chance qui s'offrait de retrouver une vérité, un reflet singulier. Ils se disputaient à présent comme font les enfants dans la cour de l'école. Chaque objet, chaque habitude était un mot de passe, qui réveillait un réseau d'images. Une trame contradictoire se tissait, un point à l'envers, un point à l'endroit. Les points de rencontre préparaient les points de fuite. Ils voulaient très fort être à la fois ensemble et séparés.

Ils n'étaient pas venus par hasard, et mes quarante ans n'étaient qu'un prétexte. Ils étaient là pour me prouver que j'avais eu raison, depuis trois mois. La fièvre de l'enfance n'était pas une façon de se couper des autres, puisque chacun en gardait trace, voulait en témoigner. Les photos de Doisneau éveillaient bien une mémoire partagée, mais cela ne suffisait pas. Par-delà les silhouettes familières des 203, les vitriers, les palissades, il y avait un désir de retrouver le vitrier, la palissade que les autres n'avaient pas. Alors, peut-être, et seulement alors, chacun ayant reconquis bille à bille, pierre à pierre, les rues de son passé, l'espace de Doisneau rassemblerait vraiment.

La nuit était déjà bien avancée. La conversation s'apaisa. Nous abordâmes ensuite la question des quarante ans. En fait, elle ne nous préoccupait guère. Chacun finit par convenir qu'il s'agissait seulement d'avoir réalisé à son terme ce qu'il en attendait. Pour moi, le seul vertige, la seule force de la quarantaine venaient de ce dialogue avec moi-même que le hasard ou la nécessité avait entamé. En les laissant partir, je me sentis plus clair. Juste au-dessus de la petite lueur bleu pâle du magnétoscope, Condorcet souriant regardait l'avenir du passé.

Moi qui détestais porter dans le jour les vêtements de nuit, je pris le lendemain un plaisir inat-
tendu à me sangler dans ma robe de chambre écos-
saise. Je lus quelques pages de Christian Bobin,
mais les abandonnai bien vite. Étrange, cette réac-
tion de fuite qui me saisissait depuis quelque
temps chaque fois que j'avais la certitude de rencontrer un écrivain.

J'aurais adoré le découvrir au temps de la librairie.
Mais là il me faisait presque peur, comme si j'avais
changé de camp, troqué mes bonheurs de lecteur
contre une angoisse solitaire. Les pages des autres
me faisaient mal — sans doute le résultat d'écrire.

Doisneau-Cavanna, ce fut plus facile — mais
comme à chaque fois, bien sûr, c'était un piège.
Des photos d'écoliers, culottes courtes, sarraus
gris, chaussures de tennis sombres ou sandalettes,
des pupitres à deux places avec leur encrier de
porcelaine. *Les Doigts pleins d'encre*, un album
dédié « aux derniers de la classe et aux premiers

de la rue ». Or si j'avais ma place dans les parties de foot du square Carpeaux, les jeux de cow-boys et d'Indiens, rue Damrémont, je n'y étais pas le premier ; et pour la classe, malgré pas mal de distraction rêveuse, j'étais un élève convenable.

Je me mis à détailler les photos. La disposition des arbres dans la cour, le quadrillage du tableau noir, la forme des porte-plume, chacune d'elles ranimait une sensation précise, mais une prédilection systématique pour les cancres sous-tendait l'ensemble, comme si seuls les derniers de classe eussent été dépositaires de l'ambiance. De plus, certaines photos me semblaient nettement mises en scène : le gosse qui copiait sur son voisin, le petit blond qui regardait la pendule, et surtout la cour de récréation, où tout le monde sautait et courait dans une animation un brin organisée.

J'étais de mauvaise foi. Je faisais à Doisneau le procès de Doisneau. Son univers était tellement celui des autres que je ne lui accordais pas le droit d'y glisser ses préférences. Et puis je trouvais Doisneau injuste avec l'institutrice. Dans l'album, on l'apercevait une seule fois, en arrière-plan, floue. Pourtant, je pouvais l'imaginer sur toutes les photos, pas seulement celles de l'école. Elle était dans cette raideur infime au cœur de l'action, dans la punition encourue pour chaque bêtise.

Le populaire de Doisneau n'était jamais veule. Il gardait, dans les bistrots, sur les terrains vagues, une certaine idée de ce qu'il se devait à lui-même, jusque dans la transgression. Il y avait une règle. On ne voyait pas les truands, ni les collabos. On voyait la France de l'institutrice.

Malgré mes réticences, Doisneau me rendait à moi-même. C'était comme une mer très douce pour revenir quelque part, à travers un autre regard. Il y avait toujours ce début de révolte, cet écart, suivi d'un long assentiment. Mes images à présent remontaient lentement.

À l'école de la rue Damrémont, Mme Dechavane — tablier frais, cheveux presque blancs relevés en chignon, voix grave et regard doux — accrochait chaque jour, au début de l'après-midi, une carte au tableau noir. La récréation de midi avait été très longue, après la cantine. On s'était beaucoup excité, on avait couru pour libérer les prisonniers — la main du premier devait toujours toucher la gouttière.

De la taille des cartes géographiques Vidal-Lablache, les gravures figuraient des instants découpés dans le quotidien, parfois dans des pays lointains : La ferme — Le jardin potager — Un carrefour. Mais il y avait aussi : La côte rocheuse — Le désert — La forêt vierge — Un quartier de gratte-ciel. Pour commenter les images, une attention rêveuse suffisait. Elles étaient une fenêtre ouverte au centre du tableau. Le sujet des cartes infusait dans la quiétude de l'heure. Toute la paix du monde me semblait enfermée dans le jardin potager où le jardinier repiquait des salades sans effort apparent — comment aurait-il eu mal aux reins dans ce vert tendre, ce rose pâle ? Quelques pots de terre empilés, une fourche et une bêche reposant sur la brouette, un cageot plein de carottes et de poireaux, un monde abondant et soigneux, profus et rectiligne. Un enfant déposait délicatement des escargots dans un saladier.

Dans l'image de la ferme, une petite fille donnait de l'herbe aux lapins. La porte du clapier restait béante, mais ils n'avaient pas l'air de vouloir s'enfuir. La fermière lançait du grain aux poules, le fermier chargeait de foin sa charrette. Même le fumier semblait propre. Des géraniums poussaient sur l'appui des fenêtres. On n'imaginait pas que le fermier puisse se disputer avec la fermière. Chacun faisait ce qu'il devait le cœur léger : la tâche était simple, les couleurs vives — dans le ciel, les nuages immobiles ne menaçaient de rien.

Une série de cartes montrait le même paysage sous le soleil, la pluie, le froid : une maison, une rivière avec un pont, un cycliste, une fermière avec sa chèvre. Il s'agissait sans doute de nous faire remarquer comme la vie changeait en fonction du temps. Mais sous la pluie, le vent, le gel, le pont était pont, et la maison, maison : tout demeurait stable. On pouvait y croire.

Les images champêtres revenaient souvent. Madame Dechavane s'en excusait parfois, le déplorait. De fait, à part « Le carrefour », les gravures ressemblaient peu à la vie que nous menions, au décor du dix-huitième. Mais nous aimions cette campagne. Les fermes, les jardins nous inventaient une autre vie ; en plein cœur de Paris, nous pouvions cueillir des cerises.

Cela semblait si simple, à l'école, d'être à la fois du côté du bon et du bien. Pour trois fois rien, un problème résolu, une dictée sans tache, on nous donnait une image, un peu comme celle de la leçon en réduction. Il y avait la série des oiseaux, celle des sportifs et celle des métiers. Derrière l'image, un petit commentaire que je ne lisais jamais, et le nom de l'éditeur — Éditions éducatives, Paris — enroulé autour d'un dessin de barque. Quand on avait dix images, on pouvait les troquer contre une fable de La Fontaine. Cette fois, l'équilibre des valeurs changeait : la carte était plus grande, mais surtout le texte, imprimé au verso, possédait presque autant de valeur que l'illustration. Tout ce petit commerce rythmait nos efforts. Sans doute ressentait-on parfois quelque injustice, mais dans l'ensemble, l'univers de Mme Dechavane s'avérait aussi sûr que celui des images.

Ainsi le monde clos de l'école Damrémont me gardait du temps qui passait. À la maison, tout devenait lourd, il y avait davantage de questions que de réponses, personne n'avait tort, personne n'avait raison. Alors, c'était un peu lâche, mais je préférais les couleurs de l'école, comme dans le livre d'histoire du cours élémentaire, avec ses illustrations en bistre. Les soldats de Turenne s'enfonçaient dans la neige d'Alsace. Une femme courait, serrant son enfant contre sa poitrine, poursuivie par trois barbus aux yeux exorbités, avec des fraises et des chapeaux ridicules — comment pouvait-on massacrer dans cet accoutrement? Bertrand du Guesclin s'avançait avec ses hommes déguisés en paysans sur un pont-levis : ils portaient des fagots où étaient dissimulées leurs armes. Sous les gravures, des questions. Vercingétorix se rend à César : où sont ses armes? Charlemagne visite une école : pourquoi un élève pleure-t-il? Des questions faciles, dont on s'acquittait vite, pour voyager dans les images.

Les saisons passaient, le sérieux s'effaçait avec

les premières chaleurs. C'est à la lisière de l'école, au début de juillet, qu'affait naître un long désir. La sortie des classes était prévue pour le quatorze. La distribution des prix passée, les livres rendus, on ne travaillait plus. Monsieur Marcel, l'instituteur du cours élémentaire première année, nous laissait lire des livres de la bibliothèque, couverts de papier indigo. Mais certains apportaient des illustrés, et j'aperçus pour la première fois un album de Tintin, *Le Crabe aux pinces d'or*. Je n'en vis que la couverture, quelques images happées par-dessus l'épaule de Zangari, les pages de garde avec les portraits de famille des personnages en bleu et blanc.

La seule couverture me fit battre le cœur. Sable et ciel. C'était à la fois éclatant et très calme, chargé d'une promesse et rassurant comme une couette chaude où s'endormir sous un ciel mat, un ciel d'un bleu étrange qui n'évoquait pas le désert ni l'Orient, mais la matière cartonnée de l'aventure. Au-delà des personnages, un pays mystérieux. Bien sûr, il y avait ce titre générique, « Les aventures de Tintin », mais déjà je sentais qu'elles ne sauraient se réduire à l'action.

Assis sur un chameau, Tintin et Haddock s'exposaient à la mitraille de tireurs indistincts, fourmis menaçantes et anonymes surgissant des dunes, à l'horizon. La bouteille du capitaine volait en éclats, comme si les balles ennemies, chargées de susciter l'angoisse, ne pouvaient qu'obtenir un résultat dérisoire et basculaient d'avance vers le comique. La posture de Tintin, la stabilité de son assise sur le chameau démentaient sa frayeur. Et il y avait tout cet espace, cette vanille azur : le danger, la menace se noyaient dans la perfection rectangulaire de l'album. Aux confins du livre, c'était le sable et le ciel qui l'emportaient : pour les goûter, il fallait ouvrir l'album, et plonger. Je ne pouvais pas encore. La sensation n'en devenait que plus vive. Comme une presque blessure, comme une soif de désert en mal d'oasis, je rêvais de ce ciel à ce sable mêlé, à l'ombre d'un marronnier de l'école. Zangari, assis en tailleur, le dos contre l'écorce, s'était embarqué dans un majestueux voyage qui donnait à son visage une expression inhabituelle, presque hiératique, avec un demi-sourire de connivence au coin des lèvres. Le douloureux mystère de Tintin s'exaspérait dans mes veines, et la distance me préparait un long bonheur.

La gêne éprouvée devant *Le Baiser de l'Hôtel de Ville* venait surtout de cette joie offerte, cette libre insolence, dont je ne retrouvais pas la trace dans mes souvenirs. C'était une fêlure dont je m'étais toujours détourné, qu'il me fallait exorciser. Je tentais d'écrire. La déchirure resurgissait, inscrite déjà dans l'éclat du baiser. Cette photo restait tragique. Qu'ils aient été ou non les amoureux, mes parents s'étaient aimés ainsi sur un trottoir de Paris, en 1950. Depuis, j'étais venu, sans avoir su leur porter chance. Ma mère était morte d'une longue maladie, comme on dit, et la douleur restait cachée au fond de mon adolescence, trop vive encore. Mais j'étais remonté plus loin, jusqu'à mon enfance, où tout semblait les séparer déjà.

Pendant que j'endormais mes peines à l'école, mon père avait quitté ses rêves un à un, puis renoncé un jour à devenir comédien. On se mit alors à dire autour de moi que je changeais, que j'étais moins bavard, que je passais mon temps à dévorer des livres. Depuis longtemps, je sentais planer sur nous ce grand bouleversement, sans trop savoir s'il s'agissait d'un espoir ou d'une menace. En fait, je n'aimais pas trop que mon père fût artiste. Peut-être à cause du mensonge permanent — dans la vie, il ne pouvait s'empêcher de jouer des rôles d'enthousiasme ou d'émotion, d'enjoliver les anecdotes. Mais surtout je lui en voulais d'avoir gardé ses rêves devant lui, de manifester que l'essentiel était ailleurs, dans la célébrité, dans un succès lointain. On ne rêvait pas d'être acteur comme de devenir ingénieur ou pharmacien. J'avais compris très tôt qu'il cherchait autre chose, que notre assentiment ne lui suffisait pas. Il était fragile, et malheureux bien sûr, mais nous n'y pouvions rien.

Les enfants sont injustes. Ils peuvent reprocher à leurs parents de conserver leurs rêves ou bien d'y renoncer. J'avais toujours tourné le dos aux rêves de mon père. On m'avait pourtant traîné au théâtre — chaque fois sans doute qu'il avait obtenu un rôle qui sortait de la simple figuration. J'étais fier quand ma mère me le désignait sur scène, quand j'entendais sa voix qui suscitait des rires, ou bien cette émotion que je sentais monter le long de mon dos, après l'inquiétude des premiers mots. Il faisait toujours très chaud, il y avait du velours et de l'or, des parfums, des lustres, une certaine idée de luxe et de folie. C'est là qu'il jouait sa vie, dans une effervescence dangereuse, un sucre d'amabilité auquel nous faisions semblant de succomber, ma mère et moi. Dans les coulisses, après la pièce, on m'embrassait comme du bon pain, on appelait ma mère par son prénom. Mon père nous avait fait reproche de rester un peu gourds sous l'excès des caresses. Alors, nous avions appris notre rôle, nous aussi. On nous présentait à des acteurs connus — dans leur familiarité s'insinuait une insupportable condescendance. Du haut de mes sept ans, de mes dix ans, je le sentais très fort, et d'ailleurs je n'étais pas moi. Je devenais ce que pensait ma mère, et avec plus d'effroi encore ce que mon père penserait de nous.

La moindre satisfaction rebondissait vers un espoir incertain. Les vraies coulisses du théâtre, je les connaissais. C'était notre cuisine de la rue Damrémont. Ma mère préparait le repas. Mon père la rejoignait et, les mains croisées dans le dos, commençait un monologue familier, sur un ton faussement désinvolte qui réclamait à la fois la surprise et l'encouragement. De ma chambre, j'entendais cette musique. Le rythme et les inflexions de voix avaient changé. Les réactions de ma mère se faisaient plus lasses, plus distraites, et je lui en voulais — je savais déjà que la voix de mon père allait poursuivre son sillon vers l'impatience, la colère. Il frappait de ses poings le mur de la cuisine avant de s'affaler en pleurs sur un tabouret. Je m'approchais dans le couloir. Ma mère me faisait signe de m'éloigner, avec un mouvement de tête autoritaire que démentait la douceur de son regard.

Comment aurais-je pu m'éloigner ? J'étais là tout entier, et bien davantage quand on m'interdisait l'entrée de la cuisine. À la montée du drame, à la cadence des disputes, je savais que quelque chose d'irrémédiable se préparait. « Cela ne peut pas continuer comme ça ! » : la phrase revenait sur leurs lèvres. Je sentais que cela devenait vrai, qu'il n'y aurait plus simplement ces réconciliations qui balayaient tous les orages, et faisaient des soirées chaudes, un jeu de mikado ou de Diamino partagé, une émission de radio écoutée à trois, le cœur léger.

Un jour, dans la salle à manger, ils me parlèrent avec un calme solennel. Mon père avait trouvé un nouveau métier. Il avait connu des moments merveilleux au théâtre, mais maintenant il en avait assez de cette vie impossible. Et puis il ne voulait plus voir ma mère travailler. Si son nouvel emploi se présentait comme il l'espérait, elle pourrait bientôt cesser de nous abandonner chaque matin pour partir à la poste. Pour lui, bien sûr, ce serait différent. Il allait devoir nous quitter beaucoup les premiers temps, faire des voyages. Tous deux m'étourdissaient de leurs arguments conjugués, comme s'il y avait eu à vaincre en moi une réticence, un jugement. Ce bonheur tout neuf s'ouvrait à nous comme par magie. Ils me le promettaient avec tant de fébrilité... Pour emporter mon adhésion, mon père tenait en réserve un argument qu'il croyait imparable : son travail de représentant allait nécessiter l'achat d'une voiture. Moi qui aimais tant les voitures miniatures ! Nous allions avoir une Aronde, une vraie — elle était déjà commandée depuis deux mois, mais il me réservait la surprise.

Cette fois encore j'allais le décevoir : l'intrusion dans la famille de ce nouveau personnage ne me procura aucun plaisir. Plus encore que le changement d'emploi, la présence de la voiture bouleversait notre unité. Nous avions une voiture, mais c'est lui qui conduisait, qui s'en allait. Cette Aronde Simca n'avait pas la morgue des Versailles et autres Chambord, dont les fastes monarchiques évoquaient moins la cour de Louis XIV qu'un luxe hollywoodien version française. L'Aronde n'avait pas le museau mince et noir de la perfide 203, ni la massivité germanique de la 403. Elle était ronde, avec un zeste d'américanisme dévoyé. Pour protéger les banquettes, ma mère mit tout de suite des plaids écossais à dominante bleue et jaune. Les longues franges m'agaçaient les mollets. Dès qu'un rayon de soleil pénétrait à l'intérieur, la laine était insupportablement chaude, et cette sensation mêlée à l'odeur de l'essence me donnait la nausée. « C'est l'essence », dirait-on à chaque halte précipitée due à mes haut-le-cœur. L'essence, oui, mais je n'aimais pas la voiture avec laquelle mon père nous quittait chaque jour. C'était son domaine, sa liberté, offerte à d'autres peut-être. Je n'aimais pas la soumission ménagère que ma mère déployait pour laver les plaids, passer l'aspirateur sous les banquettes, faire les vitres. Pendant qu'elle bichonnait les armes d'une séduction qui la condamnait, lui, cigarette aux lèvres, s'affairait vaguement autour du moteur. Sous le capot soulevé comme un Pleyel de concert, avec des gestes de pianiste un rien distrait et dédaigneux, il supervisait une harmonie mécanique qui semblait dépendre de lui.

Très vite, l'Aronde allait devenir le symbole de cette nouvelle vie qui devait tout changer. Ma mère restait à la maison, mais avec une mélancolie qui pouvait m'agacer. Était-ce seulement le sentiment de ne plus être utile aux rêves de mon père ? Une jalousie plus précise, ou bien la maladie qui déjà cheminait en elle? Je voyais simplement que la famille avait changé d'équilibre sans dissiper les orages. Le nouveau travail de mon père lui donnait davantage d'indépendance, mais nourrissait en lui une rancœur qu'il rapportait rue Damrémont, et qui tombait sur nous comme un reproche à la moindre occasion. Je m'éloignais un peu, ou je faisais semblant. Je vivais dans les livres, en apparence. J'y oubliais cette boule dans la poitrine qui venait quand montait la dispute. Trente ans après, je pouvais sentir cette petite musique de chambre étouffée, tonalité particulière aux années cinquante, ces années d'après la guerre où les espoirs, les carrières et même les drames sentimentaux se jouaient à l'intérieur, à l'enclos. Chez Ronis, Boubat, le même esprit étriqué planait sur la fausse désinvolture de l'enfance ou de la jeunesse. La famille était le centre du motif. Elle pesait, souvent, mais tout se faisait en fonction d'elle, dans un consensus monotone et despotique. Il suffisait à Fernand Raynaud de demander : « Vous connaissez ma sœur ? », à Robert Lamoureux de s'exclamer : « On avait perdu grand-mère ! », pour déclencher un rire qui, autant qu'au comique de situation, devait son origine au partage convivial ; la sœur, la grand-mère, le papa, la maman. On était dans une chaîne qui ne semblait pas risible quand les générations s'entassaient dans la même ferme, le même petit appartement, et qui perdrait de son comique dans les années soixante. En 1950, la famille faisait mal, comme toujours, mais en plus elle faisait rire ; pourquoi ?

On était vaguement ridicule, mais tout le monde vivait ainsi — ceux qui ne supportaient pas ce joug se définissaient par rapport à lui, contre lui. On allait au cinéma en famille admirer les blondes platinées, les brunes intrigantes, les aventuriers, les cow-boys solitaires, qui ne vivaient pas en famille.

Dans les maisons, un meuble incarnait le saint des saints du cercle obligé : le poste de radio. Ainsi, on atteignait le monde en famille. Le poste était installé dans le coin de la salle à manger opposé à la table, au piano, à côté du canapé. Quelques compartiments situés au bas de la tablette qui le supportait contenaient un gros coquillage-à-entendre-la-mer, une boîte décorée à la pyrogravure, une bonbonnière de porcelaine où ma mère déposait parfois des bonbons Riviera — la bonbonnière à invités. Le crissement du couvercle me faisait mal aux dents, et annonçait un plaisir modéré par la retenue qui obligeait à fermer la bouche.

Le poste était composite. Un cadre de bois sombre, vernissé, où la salle à manger se reflétait. Au milieu, la membrane blanc cassé guillochée de fils d'or qui recouvrait le haut-parleur. Je l'effleurais, un peu effrayé de la sentir s'enfoncer à la moindre pression et révéler la présence de pièces métalliques. Une déchirure de la membrane aurait blessé la voix qui parlait. Deux gros boutons blancs, l'un pour le volume, l'autre pour changer les stations, symétriques au bas de l'appareil. Mais surtout, juste au-dessus du premier, ce petit œil magique où s'allumait une lampe quand le poste était assez chaud pour fonctionner. Le vert éteint et froid virait au vert tilleul phosphorescent. Le hublot s'agrandissait, prenait peu à peu la forme d'un théâtre silencieux et vide où des voix allaient naître, captées par la lumière et le désir de les entendre.

Nous écoutions la radio à heures fixes, dans un rituel qui transformait l'ordre de la pièce — on approchait deux chaises ; le troisième s'asseyait sur un coin du sofa. D'abord, deux minutes silencieuses, avec leur part de risque : jamais la montée progressive des voix ne me paraissait une évidence.

Les émissions elles-mêmes suivraient le cours de l'entente familiale. Les soirs où mon père était là, nous écoutions *Quitte ou double*. Il fallait l'emphase de l'annonceur publicitaire : « Une émission des parfums Bourjois, avec un J, comme joie ! » Il fallait le bagout de Zappy Max tempéré par le flegme de M. Tiroir, qui annonçait les sommes.

— Pour la somme de ? M. Tiroir ? interrogeait Zappy d'un ton surexcité.

Une voix monocorde et sourde tombait comme un glas :

— 128 000 francs !

Le bouillant Zappy reprenait aussitôt le fil du jeu :

— Et vous nous dites ? Double ! J'en étais sûr !

Il fallait le chronomètre qui distillait la tension, le désespoir qui montait avec l'écoulement du temps, le couperet de l'échec qui désolait et rassurait — non, ce n'était pas truqué ! L'émission terminée, nous commentions, partagions l'enthousiasme ou la tristesse du joueur en nous demandant ce que nous aurions fait d'une telle somme.

C'était bon aussi d'avoir peur avec *Les Maîtres du mystère*. Mon père absent, l'émission m'impressionnait trop ; nous n'allumions pas le poste. Après l'enjouement mécanique de la publicité :

« Savon Cadum lanoliné (*bis*)
Lavez-vous de la tête aux pieds
Avec Cadum lanoliné »

les maîtres du mystère installaient tout à coup un silence effrayant. Une forêt, la nuit ; une voiture en panne. Le conducteur abandonnait son véhicule et se perdait dans l'obscurité. Tout à coup, un grand choc, puis un cri. Après une longue pause s'installait un dialogue étrangement paisible. Qui était cet autre, en pleine nuit, dans la forêt ? La pluie cinglante me traversait...

La suite était plus banale. Les coups de théâtre venaient quand on les attendait. Le sommeil me gagnait, et je m'allongeais sur le canapé, la tête sur les genoux de ma mère, qui passait distraitement la main dans mes cheveux. Lui se levait pour aller chercher sa pipe. L'instant était à boire. À la brume glaciale de l'histoire succédait la brume sèche et chaude de la pipe. C'était ce nuage-là, cet automne-là que je voulais pour m'endormir, dans la lumière vert tilleul, au creux de l'équipage.

Tout à coup, la radio s'était curieusement mise à rediffuser un programme de l'époque. Le vertige me gagnait à voir ma réalité d'hier devenir plus forte que mon présent, à retrouver avec une précision douloureuse la vibration tilleul de l'« œil magique », pendant que les lettres bleues de mon magnétoscope semblaient s'éloigner dans l'abstraction.

Nous écoutions Paris-Inter ou Radio-Luxembourg. Tous les soirs, la famille Duraton pénétrait dans l'appartement. Elle y affichait un certain sans-gêne, parfois une agressivité mesquine qui me déplaisaient. Je ne savais trop pourquoi ma mère aimait partager l'existence de cette famille tapageuse, où l'on se saluait avec une cordialité sonore — « Bonsoir mon p'tit Jacques! » — avant de se lancer dans d'âpres discussions jalouses, où le quotidien apparaissait sous la forme d'embûches aussitôt transmuées en ressentiments. À la fin de l'épisode, les Duraton se réconciliaient autour d'une bouteille de cabernet. Ils banalisaient ces drames, les effaçaient pour mieux recommencer. La réconciliation me paraissait factice, destinée à clore l'épisode. Mon père, lui, n'était plus dans la maison.

Le poste de radio bourdonnait de plus en plus souvent — nous l'écouterions de moins en moins ensemble.

Le nouveau métier de mon père l'éloignait toujours. On parlait de Brest et de Quimper. Parfois il n'était plus là le dimanche. Et parfois le dimanche, au début de l'après-midi, ma mère disparaissait quelques heures. Oh, pas bien loin — rue du Square-Carpeaux. Si tu as un problème... Son amie Viviane devait lui montrer des modèles de broderie...

Voilà. J'étais seul devant le poste avec mes dix ans, je tournais le bouton, je me faisais la magie du vert tilleul, j'écoutais les matchs de foot retransmis sur Radio-Luxembourg. « Van Sam cherche un partenaire démarqué. Le trouve en la personne de... » Mon sort dépendait du score de Monaco-Racing, je chiffonnais nerveusement le rideau quand Douis obtenait un penalty. En bas, le square était vide, mais je ne voyais que la pelouse du stade Louis-II, là-bas, près de la mer... Le temps me semblerait juste un peu long si elle n'était pas remontée au coup de sifflet final. Ce n'était rien d'allumer tout seul la petite lumière verte. Et pour l'éteindre, on s'habituait.

Il y avait des rémissions, bien sûr, et qui faisaient mal aussi. Quelquefois le dimanche, mon père m'emmenait au Parc des Princes. Le football était entre nous un lien privilégié mais un peu spécieux, qui ne correspondait pas forcément au même imaginaire. En rêveur, en spectateur, j'aimais les photos-jeux de cartes qu'on gagnait avec les chewing-gums, chez le marchand de journaux. À l'école, l'équipe du Stade de Reims ou celle du Real de Madrid s'échangeaient contre au moins cinq cartes ordinaires. Au square, je jouais honnêtement, sans plus. Je n'avais pas le dribble de Lagache ou de Zangari, et me contentais de passes sobres, de quelques tacles tentés sur les attaquants adverses. Mon père, c'était autre chose. Il avait joué gardien de but dans l'équipe junior du Red Star — je ne pouvais l'imaginer que spectaculaire, plongeur impénitent et casse-cou dans les pieds des avants. C'était un autre lui-même qu'il reconnaissait dans le fantasque Daniel Varini. Car son cœur allait au

Racing, évidemment, à l'élégance ciel et blanc, aux crochets de Van Sam, au sens tactique d'Heutte, au réalisme de Magny. Pour faire bonne figure, je devenais supporter du Stade Français, de l'aristo-cratique Camus, de Peyroche et Fefeu. Les derbys parisiens étaient notre grande affaire, d'autant plus acharnés que nos équipes préférées nageaient dans les eaux profondes du classement, et jouaient pour éviter le gouffre, la descente en deuxième division.

Nous ne parlions pas beaucoup pendant le trajet en métro vers Pont-de-Sèvres. Mais cela me suffisait d'être avec lui dans un nouveau silence, une complicité que les jours ordinaires avaient usée, et que le football ressuscitait. Magie, ou illu-sion ? Je ne me posais pas la question. C'était bon de le sentir comme avant, d'avoir la fièvre près de lui, d'aller ensemble quelque part.

Le Parc des Princes était un enfer. Les billets d'entrée achetés, on entendait monter une rumeur — et cette houle de la foule n'était due qu'au lever de rideau ! Je me surprenais à tendre la main vers la sienne, et la rétractais aussitôt. Il fallait grimper des escaliers à claire-voie. Tout en haut, on décou-vrait enfin le stade, ceinturé de l'anneau rose du vélodrome. Le lever de rideau était souvent un match de la coupe Gambardella, réservée aux juniors. Je buvais le spectacle, d'autant plus fasciné qu'il fallait imaginer qu'un peu plus tard ce serait mieux encore. Une brève course cycliste succédait au match des juniors. Puis arrivaient les grands, les vrais, les demi-dieux aux noms mythiques que je ne pouvais me convaincre de voir « pour de vrai ». Ils passaient sous la grille qui protégeait les joueurs, tout près de nous. Le Suisse Petit s'échauffait en jonglant avec une balle de tennis. Dès lors, tout se mettait à flotter. Le match lui-même nous verrait tour à tour debout, inquiets ou triomphants. Je jetais un coup d'œil sur mon père à la dérobée, un peu honteux d'exploser de joie pour un but du Stade qui le laissait assis, pétrifié. Lui ne me regardait pas, mais c'était pour moi qu'il jetait à haute voix des considérations admiratives sur la technique de Sénac, ou qu'il s'en prenait à l'arbitrage.

Le Stade Français avait gagné 3-2 ce jour-là... le premier de nos complicités sportives. Notre retour vers le dix-huitième avait été étonnamment bavard, passionné et furieux. Avec des matchs de football, des clameurs de foule, on pouvait peut-être oublier, au moins faire semblant. Juste avant Jules-Joffrin, mon père me prêta *L'Équipe*, et je déchiffrai sur la page sale et fripée les mots synonymes des dimanches recommencés.

Ma mère nous attendait un bouquin à la main, au coin du canapé, sous la lampe. Elle nous avait entendus parler dans l'escalier, avait posé sur nous un regard un peu étonné, un peu moqueur. Je m'étais mis à parler très vite pour dissiper la gêne — mais je sentais bien qu'ils se parlaient en silence, et de tout autre chose : cela faisait si longtemps que leurs silences ne s'étaient pas rencontrés ! Les gestes du souper seraient très lents. Après ils feraient ensemble la vaiselle, avec de petites phrases. Allongé sur mon lit, je relirais *L'Équipe* en écoutant cette douceur qui nous revenait de loin, flottait dans le couloir, sur le plancher, cette douceur si proche, si facile, qui me donnait envie de jouer au foot et de pleurer.

Oublier le chômage, retrouver l'intensité des jours passés : écrire m'apportait tout cela. Même au plus près de la mélancolie, la tâche me devenait chaque jour plus légère — elle se suffisait à elle-même ; elle donnait une sensation durable de paix, d'accord avec la vie. Rien alors n'était tout à fait raté, tout à fait perdu, s'il en restait des mots, des traces. Je m'étonnais d'avoir si longtemps redouté mon enfance. C'était si fort d'oser la regarder en face.

Vint le temps où je pus ouvrir l'album rouge et noir. J'avais tant retardé ce geste si simple. Il ne me coûta pas. Peut-être avais-je déjà pénétré depuis longtemps dans ce jardin aux allées parallèles, aux images contiguës sagement délimitées par les petits coins bistre ? Peut-être aussi avais-je assez navigué dans les eaux de la mémoire pour savoir qu'elle apprivoise ses victimes, ne les noie pas d'un seul coup. Certains nageurs se laissent prendre comme bon leur semble, s'abandonnent avec une réticence calculée. L'expérience du souvenir et plus encore l'écriture du souvenir m'avaient appris cela. Autrefois je n'imaginais mon passé que comme une terre de haute souffrance. Je le niais, je l'effaçais. Mais la mémoire est quelquefois moins pure que l'oubli.

Je n'ai pas souffert davantage en pénétrant dans le petit jardin à la française aux bosquets réguliers. Quatre photos sur chaque page, chaque page estompée par le satin d'un voile transparent. Des premiers clichés dentelés où mon père et ma mère souriaient à un bébé couché dans un landau — au loin, le décor un peu flou pouvait être celui de n'importe quel square parisien. Je n'ai pas eu le sentiment d'une révélation. Non, plutôt la confirmation d'un sentiment jusque-là confus : la certitude d'avoir disposé à mon gré les flèches de ce jeu de piste.

Je n'avais pas voulu me souvenir d'Elle autant que de Lui. Lui, je le retrouvais partout, fidèle aux images découpées à l'avance dans mon souvenir. Il y avait beaucoup de photos de printemps et d'été. Il paraissait si grand et mince avec sa chemise blanche aux manches retroussées, son pantalon large très serré à la ceinture. Sur la plupart des clichés, il avait les mains dans les poches et fixait l'objectif avec une désinvolture un rien narquoise.

À califourchon sur une branche dans le cerisier de Kintzheim, debout dans une barque sur le lac du Bois de Boulogne, il jouait au beau gosse populaire et dégingandé. Au volant de l'Aronde, avec ses gants de conducteur au-dessus en filet, il quittait l'ironie pour une fierté solennelle, masque pénétré, bras tendus. Être pris en photo semblait déclencher chez lui une sorte de réflexe professionnel. Mais ces reflets n'étaient pas faux — je l'avais vu si souvent déployer cette fantaisie envahissante, puis la quitter pour une sévérité outrée. Il lui suffisait d'un public, si ténu, si familial fût-il. Mais ces images étaient un peu injustes aussi — il y manquait l'embarras qu'il mettait à beurrer mes tartines, dans nos petits déjeuners en tête à tête, ou la pudeur gênée avec laquelle il m'avait tendu ses films en super-8 dans la cave de Nanterre.

Elle, c'était tout autre chose. D'abord, elle ne regardait jamais le photographe. Jeune et rêveuse, appuyée au balcon de la rue Damrémont, avec un pull de laine au col en pointe à même la peau, elle aurait pu être une étudiante affranchie, une séduisante secrétaire. Mais l'uniforme ne comptait pas. Elle avait les yeux baissés, le profil un peu penché. Je ne la voyais pas bouger, rire, parler — je ne la détachais pas de moi. Dans la cour de Courbevoie, près des rails, elle tenait mon petit vélo bleu sous la selle, genoux fléchis pour soutenir mon frêle équilibre. Je ne voyais pas une jeune femme ; je ne pouvais la dissocier de son désir de me faire plaisir. L'odeur du poulet-frites me revenait, mais pas sa présence.

Debout, la main posée sur le capot de l'Aronde et le regard ailleurs, elle esquissait un demi-sourire, sans doute destiné à cette nouvelle vie qui menaçait son rôle en prétendant le conforter. En haut d'une volée de marches, devant le Sacré-Cœur, elle lançait des miettes de pain aux pigeons — je n'aimais pas trop son imperméable austère au tissu rêche. À Kintzheim, accoudée à la petite barrière blanche du jardin, près du prunus où elle se cachait lorsqu'elle était petite fille, je la trouvais très jolie, en chemisier d'été au col montant — c'était la seule photo où elle regardait l'œil de l'appareil, et son sourire enfin libre traversait les étés. Nous n'allions pas assez souvent en Alsace. Là, elle paraissait vraiment s'appartenir, renoncer à l'encombrante présence des deux hommes de sa vie pour sourire à son jardin d'enfance, et ce sourire me rappelait aussi celui avec lequel elle rejouait *La Lettre à Élise* aux premiers temps du piano. En fait, je crois qu'elle était jolie partout, mais je ne souhaitais pas la voir ainsi, je ne voulais pas trop la regarder. Pour elle, ma mémoire restait un peu floue. Une force nécessaire m'empêchait de la dessiner nettement — une douleur trop vive. Derrière les photos du temps de la rue Damrémont s'ouvraient déjà pour elle ces couloirs froids, cette asepsie hospitalière qui s'avançait en entonnoir vers la mort blanche, au bout de mon adolescence. Je n'avais ni la force de guetter le signe de sa maladie future, ni celle de constater son absence. J'avais tout fait pour rendre cette douleur supportable, en orientant le souvenir dans le seul angle où je pouvais le tolérer : je regardais mon passé avec ses yeux à elle autant qu'avec les miens. Ce n'était pas tricher — nous avions dû si souvent regarder ensemble — mais il y avait là une reconstruction.

J'avais toujours été un peu en lui, beaucoup en elle — entre les deux surtout, dans le désir chaque jour plus difficile de voir s'évanouir l'intervalle qui les séparait. Dans l'album, ils n'étaient presque jamais ensemble. La plupart des clichés avaient été pris par l'un ou l'autre, avec le Foca Sport dans son écrin de cuir doublé d'un rouge qui me rappelait le théâtre. La vraie vedette, c'était moi. Beaucoup trop. Derrière cette manie qu'ils avaient de me prendre sous toutes les coutures, au square, dans mon bain, en route pour l'école, sur les balançoires de la fête à Neu-Neu, perçait une demande insupportable. J'étais le grand recours ; je devais effacer toutes les choses qu'ils avaient ratées ensemble. Il y avait évidemment une photo des chevaux du Luxembourg. Ils me saisissaient dans l'instant, m'encourageaient, projetaient des promenades pour me faire plaisir — et je sentais peser comme une réalité tout le silence de si-je-n'avais-pas-été-là. Je n'osais rien, bien sûr, je buvais mon petit plaisir, ou je faisais semblant. Mais en tournant les pages, j'avais envie de leur crier : ne vous occupez pas de moi, oubliez-moi, allez marcher un peu ensemble.

Un jour, chez le père Minard, Éric m'avait montré une phrase de Saint-Exupéry : « S'aimer, ce n'est pas se regarder l'un l'autre, c'est regarder ensemble dans la même direction. » Avec quelle hargne caustique l'avais-je accueilli. Surpris, un peu blessé, il m'avait entendu vitupérer ce moralisme que je jugeais intolérable. Je comprenais soudain la vraie raison de ma colère : ce qui m'était intolérable, c'était de me sentir être cette direction qui empêchait mes parents de se regarder l'un l'autre. Toute ma vie semblait inscrite dans cette responsabilité, ce remords à l'avance.

Je me retrouvais sans plaisir sur les photos. Ma coiffure de bébé avec des bouclettes, de petit garçon avec une épingle à cheveux pour discipliner l'épi, près de la raie sur le côté, n'était pas vraiment ridicule — mais trop conforme à celle de tous les enfants de cette époque pour éveiller une sensation précise. Il en allait de même pour le grain de mes paletots tricotés, la forme arrondie du col de mon manteau-qui-faisait-fille, la raideur de mon baigneur en Celluloïd. Me regarder ne m'apportait rien. Je me trouvais plutôt flatté ou enlaidi — mais par rapport à quelle vérité ? Les choses me revenaient mieux : le chien en bois noir et blanc que Pépé de Courbevoie m'avait fabriqué, les cubes représentant sur chacune de leurs faces des maisons différentes, la locomotive de mon chemin de fer mécanique, avec son tendeur au charbon étrangement coagulé ; le petit bouton nacré de mon pull rouge, qui fermait sur l'épaule.

Tout cela c'était moi, bien sûr, mais il y avait aussi dans ces détails toute l'époque, une façon de jouer, de s'habiller dont je n'étais pas le seul dépositaire. J'éparpillai les photos, et les mêlai à celles de Ronis, de Boubat, de Doisneau. La petite marge blanche rectiligne des cartes éditées contrastait avec le cadre dentelé blanc cassé des clichés de famille ; les photos prises par le Foca Sport étaient un peu plus grises, un peu plus pâles que celles des professionnels, mais le mariage se faisait sans effort. Un silence flottait, un vide que je connaissais bien. Longtemps, j'avais cru qu'ils étaient mon domaine. Je ne me livrais pas totalement au jeu de billes ou de marelle; je ne me donnais pas complètement au plaisir, ni à la tristesse. Ce n'était pas vraiment la vie, alors je regardais juste à côté. Une photo d'Ilse Bing montrait tout à fait ce désir de retrait. Ce petit garçon accroupi sur un trottoir. Dans le caniveau en contrebas, il faisait naviguer son bateau. J'avais le même, exactement. Un bateau mécanique avec une clé-remontoir fichée au centre de la coque. Le conducteur — casquette de yachtman, silhouette mince et raide — dressait au-dessus de l'habitacle son demi-corps autoritaire. À l'arrière, un gouvernail dont les diverses positions s'enclenchaient entre de petites protubérances régulières en demi-cercle. Je n'aimais pas trop le yachtman. L'enfant faisait naviguer son embarcation dans les remous d'une bouche d'égout. En travers du caniveau, un de ces sacs à pommes de terre ficelés en boudin dont le rôle me semblait mystérieux. Derrière lui, une grille encerclait le tronc d'un arbre, en faisait un arbre de Paris. La ressemblance était étonnante : même bateau, même tablier à col rond, même coiffure — même regard, surtout. Le petit garçon ne contemplait pas son bateau. Ses yeux étaient fixés juste à côté, dans les vagues,

130

les remous. À côté du jeu, à côté du présent. Juste à côté, dans la mouvance imaginaire de l'histoire qu'il devait comme moi se raconter en jouant seul. Mais à côté, dans une rêvasserie sans bornes. Avec lui, je revoyais ces creux où personne ne venait vous déranger. Du vague entre deux parenthèses. Des rêves dilués, des tristesses alenties. Les après-midi n'en finissaient pas.

Sans doute ne se souvient-on pas en noir et blanc. Mais toutes ces photos étalées me semblaient une mémoire un peu plus vraie, plus juste. Ou peut-être mes souvenirs restaient-ils prisonniers de l'époque. Mais je sentais qu'il y avait autre chose, que ma mémoire n'eût pas été sépia si j'avais vécu mon enfance à l'âge du sépia.

Dans le noir et blanc, la vie gagnait une vérité secrète, un peu dure — les contours du destin dans les gestes arrêtés. Elle gagnait tous les gris surtout, l'infini dégradé qui faisait le jour, entre deux nuits. Gris le flou, le brumeux, l'incertain. Grise la tonalité des heures. C'était un peu de brouillard au bout de l'avenue, un coin de ciel libre par-dessus les toits. Les enfants qui jouaient à la neige ce matin-là ne le voyaient pas. Je regardais une photo. À côté des gestes suspendus, des jeux, il y avait ces espaces inutiles qui ne tenaient aucun rôle dans la scène, mais le climat des jours était là.

Grises les rues, les volées d'escalier, les devantures, gris les arrière-plans, le temps perdu. J'enregistrais le centre de la scène, où les noirs et les blancs se répondaient. Mais au-delà, c'était le gris. Perspectives fondues, coins de porte anonymes, espaces sans rumeur. Le grain du temps, la matière des heures. Grise mélancolie de ce passé que rien n'avait retenu et qui remontait, malgré tout. Je regardais, et s'élevait la fumée du souvenir imaginaire. Je m'asseyais au café près de la table vide, je voyageais le long du mur que ne regardaient pas les amoureux. Je pensais à tout le gris que j'avais laissé s'évanouir dans le présent. Car mes jours d'à présent étaient déjà des photos de Doisneau ; c'était le gris que je perdais d'avance. Juste un reflet sur le pavé, un peu de ciel éteint dans une flaque.

Au début de la chaîne, il y avait *Le Baiser*, la façon équivoque dont cette photo jouait sur les deux tableaux. Peu à peu, les autres photographies m'avaient redonné à la fois l'envie et le courage du passé. Il m'avait fallu m'en écarter ensuite pour me retrouver. Et voilà que tout se mêlait à nouveau, reprenait sur mon bureau une harmonie inattendue. Les clichés de Doisneau étaient devenus mes photos de famille, mes photos de famille s'étaient transformées en photos de Doisneau. Je ne savais plus.

Il en résultait en tout cas une sorte de sérénité nouvelle. Dès le lendemain, mes trois galettes d'acier sous le bras, je me rendis dans un de ces lieux où l'on transforme en vidéocassette les films en super-8. L'alchimie se fit vite : le soir même, je glissai sans appréhension la cassette dans mon magnétoscope — je n'avais pas la sensation d'un sacrilège : d'une certaine façon, il s'agissait toujours du *Messager*.

Défilement bleu sur l'écran du magnétoscope. Assentiments mécaniques de l'appareil, traduits par des intensités sonores à la fois subtiles et distinctes — l'acceptation de la cassette, d'une simplicité réflexe, puis le défilement de la bande, dans un ronronnement plus fluide. Une plage en Bretagne. Un enfant faisait le cochon pendu sur un espalier. Le moteur de la vieille caméra se superposait au souffle de la bande. L'œil de la caméra semblait avoir cherché, happé au passage un horizon plus large, le bord de l'eau, des parasols déployés, puis accroché enfin la silhouette recherchée. C'était Elle, le visage presque caché par des lunettes noires, ombré par un chapeau de paille. Assise de côté, les genoux repliés, elle restait immobile, dans son maillot de bain blanc une-

133

pièce. L'image tressautait. Au bout d'un moment, elle faisait signe au cameraman : elle en avait assez d'être dans l'objectif. Mais la caméra insistait. Elle se levait alors, haussait les épaules, d'un air fâché — mais on voyait ses lèvres sourire. Elle marchait vers l'espalier, et tout de suite ce fut insupportable. Je cherchai du bout des doigts la télécommande, j'appuyai sur le bouton « pause ». La scène arrêtée, un peu floue, redevint une photo. Le coup au cœur s'effaça lentement. Mais je savais. Je ne pourrais jamais regarder la cassette. Mon père avait eu raison dans la cave de Nanterre. Le mouvement était la vie. Je ne m'en doutais pas, je ne me méfiais pas. Mais cette façon de repousser d'un mouvement de tête une plaisanterie qui l'agaçait, cette manière de déployer le corps en se levant, l'exactitude retrouvée de sa démarche... autant de coups de poing. Signes infimes pourtant, moments de presque rien. La vérité en avait surgi, un soleil noir et la blessure... Je n'avais rien apprivoisé.

Un matin de mars, je reçus une lettre de Clélia. Depuis des mois, ma boîte à lettres n'accueillait plus que prospectus publicitaires, factures, invitations qui soulignent la solitude avec ironie. Je retrouvai sur l'enveloppe une écriture ronde, familière. La lettre de Clélia était pleine d'une sollicitude un peu inquiète. Elle ne me parlait pas de travail, elle s'interrogeait sur l'avancement de mon livre.

Je ne crus pas trop à son intérêt, mais dans ses lignes passait une interrogation plus personnelle. Elle ne me faisait pas de morale, ne me proposait pas de solution, mais se souciait de moi, à travers mon projet du moment. Sa démarche me touchait. Sans trop réfléchir, je lui adressai des pages dactylographiées accompagnées d'un mot où je lui disais que je serais heureux d'en parler avec elle, à l'occasion. À côté des Marianne, je dessinai comme autrefois un de ces timbres fictifs à la Donald Evans dont elle faisait collection. Je mis beaucoup de temps à peaufiner le voilier, les feuilles du bananier, avec des crayons de couleur et un pastel.

C'était un de ces jours qui donnent envie de marcher dans Paris, comme si le soir allait tomber très tard, comme si l'hiver était fini. Je passai au bureau de poste de La Fourche : sans que je sache pourquoi, mon envoi à Clélia me donna le sentiment du devoir accompli. D'un pas plus léger, je repris ensuite ma route vers la Fnac-Étoile. Il y avait là-bas une rencontre avec Robert Doisneau. J'y avais souvent vu des écrivains, des cinéastes s'exprimer devant une cinquantaine de spectateurs, dans une salle de réunion plutôt intime, en fin d'après-midi. Une espèce de complicité amicale naissait en général dans l'auditoire, après quelques questions. Autant qu'à la communauté de goûts, elle était due je crois à la position de la pièce, en retrait, abritée de la fureur du commerce. Depuis longtemps, j'avais noté la date du rendez-vous. J'aimais l'idée de voir Doisneau dans ce contexte : le rencontrer sans le rencontrer, à la fois protégé par mon anonymat de spectateur et privilégié par l'intimité du lieu.

Je dus vite déchanter. Dès mon arrivée dans le hall, je vis se masser une foule qui n'avait pu pénétrer dans la salle. On avait laissé les deux portes ouvertes. Les gens se retournaient pour regarder les nouveaux arrivants d'un air sévère qui intimait le silence. La voix familière de Doisneau planait sur cet aréopage, avec le même ton simple que dans ses émissions de radio ; j'apercevais à peine son visage, il flottait au loin sur un moutonnement d'épaules. Le nombre des spectateurs devait changer le caractère de la rencontre : ce n'était plus une atmosphère de sympathie respectueuse, mais une grand-messe — j'attendais le théâtre Déjazet, et c'était presque le Zénith.

Je ressortis aussitôt, déçu, furieux. Dehors, la nuit était venue. Je marchai au hasard, jusqu'aux quais éblouis par les reflets des bateaux-mouches. La marche me calmait peu à peu, sans dissiper tout à fait ma colère. C'était idiot, bien sûr. Si je voulais vraiment rencontrer Doisneau, je n'avais qu'à demander au libraire de la rue Lamarck. Pourquoi m'irriter à ce point de son succès ? Après tout, j'en avais profité moi-même, et chacun des spectateurs avait sûrement quelque enfance en noir et blanc, ou quelque raison de s'en inventer une.

L'homme était à l'évidence de taille à supporter l'ampleur de son audience. Alors ? Alors je continuais de m'agacer de cette convergence médiatique qui faisait basculer les valeurs, transformait le succès en phénomène de mode, éclairant d'une lumière crue le fond de mon jardin. Paris était coutumier de ces passages obligés, de Carmen à Klimt, de Van Gogh au tango argentin. La nostalgie cinquante frappait fort ces derniers temps. Elle s'incarnait au plus juste dans le sourire tendre et moqueur de Doisneau. Mais le déferlement s'amplifiait. La radio rediffusait *Malheur aux barbus*, les albums se multipliaient, les vidéocassettes « Votre année de naissance » s'affichaient partout. Au verso de la cassette 1950, le « programme » annonçait : Léon Blum disparaît — Le métro fête son cinquantenaire et Maurice Chevalier ses cinquante ans de chanson — Léopold abdique en faveur de son fils — Jean Marais, Arletty et Patachou vedettes de l'année. J'avais reposé la boîte sur la pile. Elle provoquait seulement des « ah oui! », des « tiens, j'aurais cru que... » Je savais désormais que la mémoire exigeait davantage de désert avant de se remettre en éveil. Mais même cela ne me rassurait pas. À trop rencontrer celui des autres, mon chemin me paraissait presque illusoire, inscrit dans un caprice de l'époque. Doisneau était à tout le monde, et moi je n'étais rien.

Pendant un mois je n'écrivis plus rien, comme si tout était désormais suspendu au jugement de Clélia. Sans hâte, je me mis en quête d'un nouvel emploi. Je n'avais plus envie de travailler dans une librairie : je ne voulais plus rester seulement spectateur. Mon profil ne correspondait guère aux métiers bien rémunérés, mais la lecture des petites annonces révélait des propositions saugrenues qui me tentaient, des petits boulots plus ou moins exotiques susceptibles de laisser l'esprit libre, à défaut d'offrir un portefeuille bien rempli.

Un soir d'avril Clélia me téléphona, elle voulait me voir. Le matin même, j'avais pris un engagement pour un travail dont je voulais lui faire la surprise. Je ne souhaitais surtout pas que la rencontre ait lieu chez moi. Au moment de fixer le rendez-vous, le Café de La Trinité m'était venu naturellement — mais à la réflexion il n'y avait eu aucun hasard dans ma proposition ; il nous fallait pour accueillir des phrases difficiles un mélange de souvenirs et d'anonymat.

Le Café de La Trinité n'avait pas beaucoup changé. La moleskine était neuve, un peu plus rouge, mais les banquettes restaient aussi étroites. J'avais retrouvé ma place, juste en face de la grande glace où se réfléchissaient le comptoir et l'église. C'était bien de pouvoir à nouveau laisser couler ce silence entre nous. Dans leur rumeur, leur effervescence, les lieux publics avaient ce pouvoir de suspendre sans gêne les conversations.

— Alors?

Clélia ne répondit pas. Pas tout de suite. Elle remit sa frange en place, avec la même main qui tenait la cigarette. Un sourire éloigné par la brume du tabac venait lentement à ses lèvres. Casque noir, regard gris-vert — même sourire, mêmes gestes. Mes yeux revinrent à la surface de mon thé citron qui refroidissait, avec d'infimes pellicules irisées flottant contre la porcelaine blanche. Elle avait pris un chocolat, comme autrefois. Elle ne répondait pas encore, mais commença à parler doucement, entre deux nuages de fumée.

— C'est drôle. On croit connaître les gens parce qu'on vit avec eux. Tu prétendais tellement n'avoir rien gardé de ton enfance...

C'était vrai. Je m'étonnais toujours de ces sensa-

tions que Clélia ravivait à la moindre occasion.
« Manger un petit-beurre en commençant par
les coins ! Ça me rappelle... » Même les gestes de
l'amour semblaient la ramener vers une intensité
lointaine. Après l'amour, souvent, elle me disait
qu'elle retrouvait l'odeur de l'atelier de son grand-
père, les copeaux de bois frais... Chaque fois, cela
m'éloignait d'un seul coup. J'avais des souvenirs,
mais sages, endormis derrière une vitre dépolie,
filtrés par le désir d'oubli, ou quelle insuffisance ?
Mais jamais ces éclats, jamais ces rites, ces odeurs
éclaboussant les gestes du présent. Je ne me sou-
ciais pas de cette infirmité, que beaucoup d'autres
partageaient. Quand nous venions à en parler,
dans les soirées entre amis, il y avait des « Moi tu
sais, mon enfance... » La fin de la phrase venait
rarement, comme si un doute subsistait chez
celui qui la prononçait, se masquant à lui-même
un excès de banalité, un excès de douleur.

La voix de Clélia sembla se détacher peu à peu
du café, de la proximité des autres consommateurs.
Protégée par la fumée, elle parlait du temps, et le
temps se dissolvait dans une lenteur transparente .

— Je t'ai découvert, François, en lisant tes
pages. Il y a plein de petits coins de ton enfance
où j'aurais pu t'accompagner... Tu sais, ce jour où
tu joues à la neige, sur le pont Caulaincourt ? J'ai

eu l'impression que j'étais avec toi, que j'avais eu aussi une autre enfance, parisienne...

Je la laissai parler. Je ressentais un bien-être presque physique de savoir que cette parenthèse dans ma vie, que ces mois d'écriture n'avaient pas été abstraits. Si Clélia sentait la mouillure de la neige, si elle entendait les cris de joie qui planaient sur l'austérité du cimetière Caulaincourt... Mais les phrases qui suivirent effacèrent aussitôt cette certitude :

— Peut-être que je te connais trop, malgré tout, même si tu ne parlais jamais de ton enfance... Si ces pages avaient été écrites par un inconnu, je ne sais pas...

Le regard de Clélia croisa le mien, y lut cette inquiétude que je ne pus réprimer. Était-ce par amitié qu'elle se reprenait ?

— Je ne sais pas si cela me toucherait de la même façon. Mais ce dont je suis sûre, c'est qu'il y a beaucoup de gens qui adoreraient retrouver toutes ces choses.

Elle était venue, la petite phrase assassine qui ouvrait tous les doutes en voulant me réconforter. Avais-je écrit cela pour que les autres s'y retrouvent ? Pendant de longs mois, j'avais flotté seul, loin de tout. Et je n'aurais fait que rencontrer l'époque, en la fuyant ?

— C'est vrai, poursuivit Clélia. J'ai bien aimé ton livre...

Un livre. Le mot avait quelque chose de sacré, quelque chose de dur et de fermé aussi que je ne pouvais supporter. J'interrompis Clélia. Elle me regarda avec ce demi-sourire que je connaissais bien, aspira une bouffée. Dans ses yeux, je pus lire un mélange de surprise et de soulagement. Je savais qu'elle avait raison. On n'écrit pas pour ceux qui vous connaissent. Comment savoir si les mots seuls vous font exister devant eux ? Mais comment me résoudre à l'idée que j'avais fait un livre ? Pendant près de vingt ans, les livres avaient été ma raison d'être. Tout ce qu'il y avait au monde de stable, de définitivement conquis, était enfermé dans ces parallélépipèdes rectangles, dans le grain du papier, le vergé des couvertures. Ce que j'avais fait, ce que j'avais tenté de dire était tout l'inverse. Rien de sûr, rien de réel. De l'eau qui coulait entre deux eaux. Comment lui donner le pouvoir de l'encre à jamais sèche ?

— C'est vrai, ce que m'a dit Éric ? Tu aurais accepté de devenir vendeur dans un kiosque à journaux ?

La voix de Clélia était si dubitative que je ne pus m'empêcher d'éclater de rire.

— Non, ça c'était la semaine dernière. Depuis,

j'ai trouvé beaucoup mieux. Tu auras du mal à deviner, je crois. Figure-toi que tu as devant toi un jardinier du Luxembourg! Je commence demain.

La perplexité de Clélia se mua bientôt en un fou rire contagieux.

— C'est tout ce qu'il y a de sérieux, tu sais. J'y suis allé hier. C'est incroyable, les coulisses de ce jardin. Il y a plein de choses à faire, ramasser les feuilles évidemment, mais aussi préparer les massifs, s'occuper du verger. Car il y a un verger interdit au public avec des poires succulentes, des fruits de toutes sortes. Je ne voulais plus travailler dans les livres. J'ai envie aussi de retrouver le goût du présent, de vivre chaque heure... Les poires du Luxembourg, c'est juste ce qu'il me fallait!

Voilà. C'était bon de rire avant de parler d'autre chose. Nous bavardâmes à petits coups, à petites volutes. C'était bien, l'amitié d'une femme que l'on avait aimée. C'était juste fait pour se poser dans un café plein de monde. On disait seulement ce qu'on voulait bien dire. Je ne répondis pas à la dernière question de Clélia :

— Tout cela va te rendre plus heureux, tu crois?

Je n'avais pas écrit pour être heureux. Plutôt pour me sentir fragile, traversé. Je n'envoyai pas mon manuscrit. Exister par ces mots eût été pire encore.

Les soldats Mokarex. La Talbot-Lago de Dinky Toys. J'avais retrouvé le chemin de l'enfance, et la blessure s'ouvrait devant moi. Adamo chantait *Tombe la neige*, mes parents se séparaient. Tommie Smith levait un poing noir sur un podium, à Mexico, et c'était ma mère qui s'en allait... Au bout des choses partagées, des sourires de connivence, les mots avaient d'autres solitudes...

Je repassais *Le Messager*. Je parcourais cent fois le chemin, essoufflé — tout cet espace entre Elle et Lui. Tant mieux si la course n'en finissait pas. Et déjà j'aimais l'été du Luxembourg. Sur les poiriers en espalier je cultivais la Fondante Thirriot, la Souvenir de Jules Guindon, la bergamote d'été, la muscadelle.

Un soir très chaud de juillet, j'apportai des fraises

du jardin au libraire de la rue Lamarck. Nous parlâmes longtemps sur le pas de la porte, comme deux vieux amis. Au moment où la conversation commençait à fléchir, il m'entraîna dans la boutique, traversé par une idée soudaine, et me montra un nouvel album sur Doisneau, avec quelques photos en couleurs que je ne connaissais pas.

— Ne dites rien. Je devine ce que vous pensez... D'ailleurs, j'ai entendu dire que Doisneau n'était pas autrement fier de ces clichés. Un travail de commande... Vous savez, maintenant, ils vont chercher n'importe quoi...

Malgré moi, mon regard s'était détourné vers l'affiche qui occupait un côté de la vitrine...

— Ah! *Le Baiser de l'Hôtel de Ville*, c'est autre chose, n'est-ce pas? Je vais quand même finir par le décrocher. Il y a tellement longtemps qu'il est là...

— Non! Il faut le laisser dans la vitrine!

J'avais lancé cette phrase avec une énergie qui nous fit sourire tous deux. Nous nous quittâmes et le libraire s'éclipsa dans son arrière-boutique. En sortant du magasin, je ne pus m'empêcher de m'arrêter devant la trop célèbre scène.

Les photos en couleurs, ce n'était pas Doisneau. Ma vie ne serait pas ma vie, car la vie c'est l'enfance. Sur le trottoir, ce n'était pas Lui, ce n'était pas Elle : le noir, le blanc avaient menti. Mais tout le gris était là, dans le ciel, la rumeur, la table de café, la cigarette — au fait, était-elle éteinte, ou allumée ? L'enquête restait en cours. Y avait-il des victimes ? Dans le gris j'étais seul, mais je n'étais pas seul à être seul, et c'est cela surtout que j'avais voulu dire. Laissez longtemps cette photo dans la vitrine.

DU MÊME AUTEUR

PANIER DE FRUITS.

LE PORTIQUE (Folio, n° 3761).

ENREGISTREMENTS PIRATES.

Aux Éditions Milan

C'EST BIEN.

C'EST TOUJOURS BIEN.

Aux Éditions Stock

LES CHEMINS NOUS INVENTENT.

Aux Éditions Champ Vallon

ROUEN (collection Des villes).

Aux Éditions Flohic

INTÉRIEUR (collection Musées secrets).

Aux Éditions Magnard Jeunesse

SORTILÈGE AU MUSÉUM.

LA MALÉDICTION DES RUINES.

LES GLACES DU CHIMBAROZO.

Aux Éditions Fayard

PARIS L'INSTANT.

Aux Éditions du Seuil

FRAGILES (aquarelles de Martine Delerm).

COLLECTION FOLIO

Dernières parutions

Composition CMB Graphic
Impression Novoprint
à Barcelone, le 7 janvier 2004
Dépôt légal: janvier 2004
Premier dépôt légal dans la collection: décembre 2003
ISBN 2-07-030227-X. /Imprimé en Espagne.